芭蕉たちの俳句談義

堀切 実
Horikiri Minoru

三省堂

芭蕉たちの俳句談義　目次

第五章 「かるみ」談義

装幀・間村俊一

はじめに

「俳句は芭蕉からはじまる」というのが、わたしの考え方です。俳句の歴史のなかで、芭蕉が創り上げた世界の意義が、それだけ大きいということです。その理由は三つあります。

一つめは、芭蕉が俳句を普遍的な「詩」に高めたということです。それまでの近世初期の俳諧は「言葉遊び」や「なぞなぞ遊び」の要素が強く、知的な文芸でしたが、芭蕉が、今の俳句の前身である発句《ほっく》にポエジーを与えました。ポエジー（詩性）とは、人間の理想とする美、その美の心を揺さぶるような詩の心、詩としての生命をさします。これが現代俳句にも繫《つな》がっているのであり、俳句は世界の詩として通用するものになったのです。

二つめは、自分の目で見、自分の感性を働かせて句を作ったということです。日本の伝統詩といえば和歌ですが、和歌は基本的に与えられた題で詠むもので、その場に臨んで作っているわけではありませんでした。自分のイメージを浮かべてイメージのなかで作るものだったのです。ところが、芭蕉は、そうした伝統的な姿勢を一方で尊重しながらも、一方では自分の感覚でとらえたもの、自分の心で感じたものによって句を作っていったのでした。「写生」とか「写実」というものは、芭蕉からはじまったのです。

それから三つめは、俳句の重要な要素である「季語」に新しい生命を吹き込んだことです。芭蕉の時代にはまだ季語というものが十分に確立されていませんでしたが、芭蕉は、「春雨」とか「時雨」といった和歌以来使われてきた伝統的な季語に、「大根引」「蒲団」「猫の恋」といった、いかにも俳句の時代にふさわしい季語を加えてゆきました。そればかりでなく、伝統的な季語にも、自分の実感・実情によって得た新しい意味を加えて、季語に新しい生命を与えていったのです。

よく、俳句というものを、芭蕉や蕪村らの古典俳句と、子規以降の近、現代俳句とに二分してとらえる考え方がされますが、これは一面では当たっていますが、一面では間違っていると思います。俳句の本質は決して変わっていません。ですから、現代俳人は、芭蕉を敬して遠ざけるのでなく、芭蕉から直接学ぶべきなのです。

＊　＊　＊

本書は、芭蕉が門人たちに俳句（発句）をどのように教えていたのか、また門人たちはそれをどう受けとめていたのか、さらには門人たち同士でどんなことを話し合って、作句の上達を図っていたのかについて、現代俳句に通ずる視点から紹介しようとするものです。

芭蕉の教えの神髄をつかんでゆく資料としては、芭蕉の高弟である去来《きょらい》の著わした『去来抄』を用います。『去来抄』の内容は、去来が面談や文通などによって師の芭蕉から教えられた俳論や句評が中心で、そこでは、俳句表現の秘訣が、多く具体的な対話形式によって生きいきと伝えられているのです。

対話や討議のテーマは、たとえば取り合わせの手法とか虚と実の表現法とか、また季語や切字《きれじ》の問題とか、まさに現代俳句に直結するような話題で占められています。『去来抄』には、芭蕉の時代に盛んだった連句についても論じられているのですが、本書では、あくまでも五・七・五の俳句形式に関する話題のみを扱ってゆきます。

また、「俳句談義」のとり上げ方は、「さび」の句風とか「かるみ」の作風といった抽象的な表現論については最小限にとどめ、なるべく例句に即した具体的な見解の示されているところを中心にしてゆきます。たとえば、「取合せ」なら支考《しこう》の「馬の耳すぼめて寒し梨子《なし》の花」の句、虚と実なら其角《きかく》の「切られたる夢はまことか蚤のあと」の句など、興味深いエピソードを通じて、十分楽しめるようなところをとりあげます。

＊　＊　＊

『去来抄』は門人土芳《どほう》の著した『三冊子《さんぞうし》』と並んで、芭蕉生前の語録をかなり正確に伝えており、理論と実作の両面から蕉風俳論の本質を解明する鍵《かぎ》を与えてくれるものとして、十分信頼の置ける第一等の資料であります。元禄七年（一六九三）十月に芭蕉が没したのち、門人の一部には、しだいに異端異風に走る者も現れてくるのでしたが、そうしたなかで、なんとか師説としての蕉風の神髄を正しく伝えたいと考えた去来は、その病没する直前、およそ元禄十五年ごろから宝永元年（一七〇四）ごろに、これを執筆したものと推定されます。

『去来抄』の「抄」は抄録の「抄」で、抜き書きの意味であり、去来は全体を百四十七の章段に分け、これを「先師評」「同門評」「故実」「修行」の四つのパートに分けて構成しています。本書は、その『去来抄』を順序不同でさらに抄録したものになりますが、四つのパートのうち、芭蕉たちの対話によるコミュニケーションの多い「先師評」「同門評」を主にとりあげてゆきます。本文も思い切ってすべて現代語訳したものを提示します。その代わり、芭蕉たちの重要な発言について本文の一部を引用する場合は、現代語訳でなく原文のままゴチック体で示しました。また『去来抄』のなかで討議の対象となった句も、印象明瞭にするため、ゴチック体で示しました。語句の解説についても、細かな詮索はやめて、自然に頭に入りやすい叙述のしかたで進めてまいります。さらに『去来抄』の本文の説明だけにこだわるのでなく、俳句の表現に関する広い話題をどしどし導入して、おのずから問題の核心に迫れるように書いてゆきます。

第一章 芭蕉劇場

芭蕉（『江戸名所図会』巻七、天保７年）

1　芭蕉劇場

『去来抄』は芭蕉の高弟向井去来《むかいきょらい》（一六五一〜一七〇四）が著わした蕉門の代表的な俳論書であります。去来が面談や文通によって師の芭蕉や同門の人たちと俳句談義を交わしたものの記録であり、具体的な句評が中心になっています。本文はわかりやすく現代語訳で掲げてゆきましょう。

下京《しもぎやう》や雪つむ上のよるの雨　凡兆《ぼんちょう》

この句ははじめ「雪つむ上のよるの雨」だけが案じられたが、上五文字がまとまらなかった。先師芭蕉をはじめ門人たちがいろいろと案じてみた末に、ようやく先師がこの「下京や」の五文字を置いて決着なさった。だが、凡兆は「あ」と答えただけで、まだ十分納得できない様子であった。それに対し先師は「凡兆よ、おまえの手柄として、この「下京や」を置くのがよい。もしこれ以上すばらしい五文字があるとするなら、私はもう二度と俳諧（俳句）のことは口にしないつもりだ」といわれた。（先師評）

ここで凡兆の句は、京の都は下京あたりの夜の街にまっ白に雪が降り積もり、その上にやわらかな雨が降りそそいでいる情景です。「下京」とは、上層階級の住む「上京」に対して、小さな家並の続く南部の庶民的雰囲気の街一帯をさすことばで、「雪つむ」以下の景物の表わしている、やわらかく温かみのある風趣に適うものとして、芭蕉が自信をもって取り合わせたものであります。けれども凡兆は原文に「〝あ〟と答へて、いまだ落ちつかず」とありますように、かなり不服であったのでしょう。去来の自筆で伝わっている稿本には、はじめ「凡兆、猶《なほ》心ゆかず、心落《おち》つかず」と書いて、これを墨で消して改めているのですから、不満であったことは確かです。しかし、一瞬「あ」(「アッ」か「アー」か)と答えたときには、芭蕉の案に対して、なるほど、さすがだ、という感嘆の気持もあったのではないでしょうか。

このエピソードで私が一番興味深く思いますのは、凡兆の態度に対する芭蕉の、「**兆、汝《なんぢ》手柄《てがら》にこの冠《かむり》を置くべし。もしまさるものあらば、我二度《われふたたび》俳諧をいふべからず。**」という発言です。この前半部は、凡兆よ、おまえの手柄として、この「下京や」の冠《かむり》を置くがよい、と訳したのですが、おまえもできるものなら、この「下京や」以外の冠を置いてみなさい、というふうに解せないこともありません。これですと、要するに、凡兆のお手並みを拝見したいというので、稀にみる強硬で挑戦的な言動になります。そしてどちらにしても、そのあと続けて「もしまさるものあらば……」と宣言しているのですが、これは傲慢ともいえるほどの殺し文句です。舞台で大向うに対して見得《みえ》を切っている役者のようです。さすがの凡兆も口をつぐむほかなかったでしょう。

いつぞやの総選挙の際、当時の小泉総理が、郵政法案さえ通れば「殺されてもいい」とまで言い切ったのと同じような自信です。ほとんど教祖のようなカリスマ的発言といってもよいでしょう。『去来抄』でも、このあと去来は「この「下京や」の五文字がすばらしいことは誰でも分かりますが、この外《ほか》にはあるまいとまでは、どうして分かりましょう」と感想を記すほかありませんでした。

『去来抄』には、このように芭蕉と門人たちが対話する場面が、しばしばライブ感覚で描き出されています。普通の俳論書——たとえば土芳《どほう》の『三冊子《さんぞうし》』などと異なるもので、『論語』の「子曰《しいはく》」の語録スタイルを連想させますが、それ以上に彼らが討論する舞台を観客席から眺めているような、独特のおもしろさがあります。〝小泉劇場〟ならぬ〝芭蕉劇場〟の開演であります。

「下京や」の章段は、中七下五の十二字と上五との〝取合せ〟の妙を示すものとして、つまり一句の構造論としても重要ですが、ここではまずこの句の「景趣」をどうとらえるか、京の下町の雪の夜の風姿がどう目に映るか——その表現としての完成度をどう評価するかという点に目を向けてみたいと思います。じつは蕉門ではこうした景趣のある風景の句を「姿」のある句だと説いているのですが、「姿」とはありありと見えるような具象的なイメージのことと考えてよいでしょう。そして、そうした「姿」が目に浮かんでくるような句、さらには「姿」の背後に「情」感がにじみ出る句が最高だとするので、この「姿」の重視こそが蕉門以外の作風との決定的な違いなのだと説かれます。これが門人支考《しこう》が主に力説した「姿先情後《しせんじょうご》」の説であります。

もっとも、この「雪つむ上のよるの雨」には対象の具体的描写らしきものは見当たりません。けれども、目を閉じれば「下京」のイメージは容易に浮かび上ってくるでしょう。それは視覚の世界とは異なる一つの仮想の世界、美的情趣の世界であります。現代の脳科学が説くように、われわれの視覚というものが第一義的には現実の世界を見るために進化していったのだとしても、結局のところ、われわれの精神の中枢にあるのは「仮想」の世界なのであります。「下京や」の世界もまたまさに仮想の世界――しかも空間のイメージばかりでなく、時間のイメージをも備えた仮想の世界になっているわけです。

2 雉子は恋に痩せるか

蕉風では、発句（俳句）でも付句でも、句に「姿」があることを、とくに重視しました。「姿」についての芭蕉談は、『去来抄』には「先師評」と「修行」篇の二か所に重複して出てきますが、ここでは論としてまとまりのある「修行」篇から引用します。

私（去来）が考えるところでは「句には姿というものがある。たとえば、

妻よぶ雉子《きじ》の身をほそうする　去来

という連句の付句《つけく》の初案は「妻よぶ雉子のうろたへて啼《な》く」であった。すると先師芭蕉が「去来よ、

おまえはまだ句の「姿」というものを知らないのか。同じことでも、このように表現すれば「姿」が生ずるのだ」と言って、今の「身を細うする」の付句にお直しになったのであった。支考《しこう》が「風姿」として説いているのが、この「姿」である。それまでは「風情」といってきたものを、「風姿」と「風情」の二つに分けて支考は教えられているが、これはじつに分かりやすい説き方である」と。（修行）

さて、問題の去来の雉子の付句ですが、元禄七年（一六九四）に出た『藤《ふじ》の実《み》』に載る歌仙――〈木《こ》の本《もと》に円座《ゑんざ》取巻《とりま》け小練年《こねりどし》〉という去来の発句（俳句）にはじまる嵯峨の落柿舎《らくししゃ》に集まった六人による連句の三十二句目に、前句の〈散る花も丹波から来る川流《かはながれ》　野童〉に応じて去来が付けたものです。雌《めす》を呼び求める雄《おす》の雉子が、身も痩せ細らせたような姿で、ケンケンとせつなく鳴いているというのでしょう。初案の「うろたへて啼く」が、雄《おす》の雉子のせつない様子を「うろたへて」と去来の主観で断定しているのに対して、「身を細うする」はかなり客観視したとらえ方になっていて、そこに一句の「姿」が、具象的なイメージとして浮かび上ってくるわけです。「うろたへて」という「情」の絡んだ表現を捨てることで、一句は長高《たけたか》く美化されたイメージのなかに、恋やつれの哀れさを余情として働かせてくるのであります。これが支考が力説する「姿」を前面に「情」を背後にという「姿先情後《しせんじょうご》」の表現法なのです。

雉子の「妻恋ひ」は万葉以来よく和歌にも詠まれてきたものでした。雉子の鳴き声はケンケンとひびきますが、「勢《いきほひ》ありて淋し」（『俳諧雅楽集《ががくしゅう》』）というふうに感じられるものです。雌が全身地味な淡黄褐色の地で尾も短いのに対して、雄は帯緑黒色の美しい羽根と長い尾を特徴としています。それにしても、雉子も恋痩せするものでしょうか――いや、もちろん、これは人間の目に映った「仮象」でしょう。そこには当然、人間のほうからの感情の移入があるわけです。芭蕉の〈初しぐれ猿も小蓑をほしげなり〉（『猿蓑』）の句について其角《きかく》が評したような〝幻術〟が働いているのです。というより、客観的に見えて、じつは大胆な主観を働かせた「雉子」のイメージのほうが、芭蕉の「猿」のイメージよりも、むしろ完成度が高いとさえ言えるかもしれません。「姿」という客観を前面に、恋の「あはれ」という主観をその背後ににじませるという手法なのです。

支考は師芭蕉の教えをふまえつつも、そこから自立をはかった最初の本格的俳論書『続五論《ぞくごろん》』のなかで、

風情の句　寒《さえ》る夜に躰《てい》の出来たる千鳥哉《ちどりかな》
風姿の句　苗代《なはしろ》を見てゐる森の烏哉《からすかな》

といったような分類を試み、さらにこのうちの「風姿」を尊重して「都《すべ》て発句とても付句とても目を閉《とぢ》て眼前に見るべし」（『二十五条《にじゅうごかじょう》』）と、徹底して視覚的なイメージ、絵画的な構図による形象化のしかたの大切さをくり返し説いてゆきました。

芭蕉たち以前の伝統的な歌論や連歌論では、「姿」は「心」すなわち内容に対して一首の表現様式のことを言いました。「心」や「詞」に対応して用いられ、「心」と「詞」の統一体として形成さ

れた一首の歌全体から生じる情趣――要するに表現としての一種の美化作用の意味で用いられていました。「姿」がよく整った歌だといった評が生れるわけです。それに対して蕉門の論では、「姿」は「情」に対するもので、句の表現における客観的な形象性をいうものであります。漢詩の論でいう「景気」に近いもので、今日のことばで言えば「イメージ」というのがこれに当たるでしょう。先学の乾裕幸さんによれば、蕉風の「姿」とは、「韻律を通して表象」される和歌の「姿」とは異なり、「詞の背後のイマージュ（イメージ）」（『蕉風的表現論』）であるということになります。ですから、和歌では「姿」がよいとか、「姿」がわるいなどと評したりするのに対して、蕉風では「姿」があるとか、「姿」がないとか評することになります。「姿」すなわち「イメージ」があるということは、最近の脳科学の分析に従って言えば、そこに「現実自体」の反映としての「現実の写し」があるということでしょう。江戸中興期の二柳《じりゅう》は『俳諧二十五箇条短綆録《たんこうろく》』で、次のように説いています。

姿といふは打見る形のみにはあらず。『去来抄』に云《い》ふ「妻よぶ雉子のうろたへて鳴《なく》」といふを、翁曰《いは》く、去来、汝いまだ句の姿をしらずや、同じ事もいひとりに因《より》て姿ありとて、「つまよぶ雉子の身を細うする」とはなほし給へり。是《これ》細うするといふ処《ところ》姿なりと云《い》ひ候ふ。

3　小町が消えた

近代になってからの「写生」という表現法は、「もの」や「風景」を、認識主体としての作者が、客体として対象化して「見る」ことからはじまりました。

辛崎《からさき》の松は花より朧《おぼろ》にて　芭蕉

伏見に住む俳人が、この句には確かな切字がなく「にて」留めになっていることを非難した。それに対して其角《きかく》は「にてはかなに意が通じている。だから連句ではかな留めの発句《ほっく》のときには、第三の句をにて留めにすることを嫌う。この句の場合、かなとすると句のしらべの上で切迫した感じになってしまうので、にてと余韻を含ませて留めたのです」と評した。また出羽《でわ》の呂丸《ろがん》は「にて留めのことはすでに其角の説明があるとおりである。ただそれにしても、この句はどうみても第三の句格である。どうして発句とされたのであろうか」と評した。

私（去来）は「これは即興感偶の句で、発句であることは間違いない。第三の句は、発句からの転じを考えて頭のなかで想をめぐらして作るものである。もしこの発句が即興のものでなく、頭のなかで考えて作った句だとすれば、句の評価は二流になりさがるであろう」と言った。これらに対して先師芭蕉は、「其角や去来の論じていることはみな理屈にすぎない。私はただ

辛崎の松が花よりもおぼろに霞んで見えて、趣深く感じたのを、そのまま詠んだだけなのだ」と言われた。　（先師評）

ここで論じられている芭蕉の句は、貞享二年（一六八五）春、『野ざらし紀行』の途次、琵琶湖畔での吟で、前書には「湖水の眺望」とあります。「かな」に結んでも「にて」で留めても、独立した立派な発句（俳句）として詠まれたものです。芭蕉の名吟として喧伝されてきましたが、一方、子規のように「芭蕉の為《ため》に抹殺し去るを可とす」（『芭蕉雑談』）べきつまらぬ句だとする見解もあります。たしかに近代的なリアリズムの文芸観に慣らされた眼には、さほどの秀句とは映らないでしょう。湖水朦朧とした春の日、湖岸に見渡せる桜の花の霞むさまよりも、名勝唐崎の松が遥か水煙のなかにいっそう朦朧と霞んで見える――その駘蕩とした春景色がなんとも〝あはれ〟である、といった句意ですが、一見、具体的な描写の力をもたないこの句は、近代西欧流の眼にはむしろ〝痩せたイメージ〟という印象しかないでしょう。「かな」と治めず、「にて」と結んで、いかにも眼前そのままを言い放ったような詠み方が、「即興感偶」の句――その場の実景を即座に吟じた句としてふさわしいのだと去来は説明しますが、芭蕉はそれに対して、「**角・来が弁《べん》皆理屈なり。我はただ花より松の朧にて、おもしろかりしのみ。**」と諭したのでした。芭蕉は同じことを「予が方寸の上に分別なし。……只《ただ》眼前なるは」（『雑談集』）とも語っています。「方寸」とは心のこと、芭蕉はそのとき一切の思慮分別を超越して、ただ眼前を見渡した実感を詠んだだけだというのです。むろん、この「眼前」は、自らの知覚を通してとらえたものに、瞬時に激しい濾過《ろか》作用を働かせて、無駄なものは一切捨象したあとの「眼前」ですが、それこそが芭蕉にとってほんとうの「現実」だったのであります。

それに、この句の「姿」の形成を導き出しているものは、「辛崎の松」「花」「朧」という三つの伝統的な詩語であります。「辛崎の松」は近江八景の一つ「唐崎夜雨《からさきのやう》」で知られた琵琶湖西岸にある松で、歌枕としての普遍性をもち、「花」は実景としての花であるだけでなく、源頼政の〈近江路や真野《まの》の浜辺に駒とめて比良《ひら》の高根のはなをみる哉《かな》〉（『新続古今集』）など古歌のイメージを受け、「朧」もまた伝統的な〝月花の朧〟を背景にしています。「辛崎の」の句はそうしたさまざまな古典的美意識の世界に通じているのであり、ある意味ではむしろ観念の世界――芭蕉のいう「心の色」（『三冊子《さんぞうし》』）の世界のものであり、「眼前」の眺めは一種の「幻」の世界にほかならないのです。

ところで、この句の初案はじつは、

辛崎の松は小町《こまち》が身の朧《おぼろ》　（『鎌倉街道』）

でありました。「小町が身の朧」は、煙雨のなかの朦朧とした辛崎の一つ松のすがたに、孤独で薄倖な運命をたどった小野小町のはかなさを思い寄せたものです。「松」のイメージを女人小町の身に重ねたのはまったくの比喩ですが、中国の詩人が西湖に美女西施《せいし》の俤《おもかげ》を思い浮かべたのと同じです。芭蕉には小町伝説による七つの謡曲を連想した〈名月や海に向へば七小町〉（『初蟬』）の句もあります。けれども、この句の場合、芭蕉は改案して、小町の姿を消してしまいました。比喩的発想を排除したわけですが、それでも「松は花より」と対比した表現スタイルには、どこか小町の幻影を引きずった〝半比喩〟といっていいようなイメージが残るのです。なお、この句を昼の景とみるか夜の景とみるかという解釈の分かれもありますが、千那《せんな》が付けた脇句〈山はさくらをしほる春雨〉(『鎌倉街道』)からみると、やはり昼の景とみてよいでしょう。

4　ともだちのワ

近江堅田《かただ》の祥瑞寺には、森澄雄の〈秋の淡海《おうみ》かすみ誰にもたよりせず〉の句碑があります。森さんは、かつて師の加藤楸邨とシルクロードを旅したとき、なぜかしきりに「近江」に懐しさを覚え、その後何度もこの地を訪れています。芭蕉がどこよりも気に入っていた琵琶湖眺望の地――その近江愛好者の〝輪〟に森さんも加わったわけです。

行く春を近江の人とをしみけり　芭蕉

先師が言われるのに「尚白《しょうはく》がこの句を批判して、「近江」は「丹後」とも、「行く春」は「行く歳《とし》」とも置き換えられると言っている。おまえはどう思うか」と。

私は「尚白の批判は当たっていない。琵琶湖の水辺がぼーっと霞んでいて、近江はいかにも春を惜しむのにふさわしい土地である。ことにこの句は実際に近江の地に臨んで、その実感から生まれたものである」とお答えした。先師は「そのとおりだ。昔の人も、この近江の国で春を惜しむ歌を詠んできたが、その気持は京の都の春景色に対するのと変わらないくらいなのだから」と言われた。

私は「この一言には深く感じ入りました。行く年を近江におられたとしても、どうしてこのような深い感動が湧きましょう。行く春を丹波におられたとしても、決してこうした春を惜しむ情は浮んでこないでしょう。秀れた自然の風光というものが人を感動させるということは、古今を通じての真実なのですね」と申し上げた。先師は「去来よ、おまえは一緒に風雅（俳諧）を語るに足る人だ」と、大変喜ばれた。（先師評）

このエピソードは一般には「ふる・ふらぬ」の論として知られています。「ふる」は語の置き換えができることを言い、この句の場合、「近江」を「丹後」と置き換えても一句として成り立つとすれば、「ふる」句ということになり、蕉風ではとくに好ましくないこととされました。

けれども、今回も句の「姿」——つまり、近江琵琶湖の「風光」のイメージのとらえ方を問題にしたいと思います。さらにはその「風光」を一緒に舟遊びに出た仲間と共有し、また時間を超越して、この「風光」を愛した「古人」の心とも共感しようとしている点に注目したいのです。

　ここでまず、どうしても「近江」でなければならない根拠として去来が指摘するのは、琵琶湖の風景が春を惜しむのにふさわしいことと、「**殊に今日の上に侍る**」――つまり今日、実際の体験によって詠まれていることの二点であり、芭蕉が補足しているのは、近江が万葉以来の古人たちとの心の連帯を持てる土地であることと、なによりもここには琵琶湖という大自然の生命の力が働いていることの二点であります。「近江」は、和歌の名所つまり歌枕ではありませんが、抜群の景勝地であり、しかもここでは、その名勝の地を想像して「題詠」のように吟じたのではなく、芭蕉の感性の働きによる実感実情によって作られているわけです。こうした実感実情をベースにした詠み方というのは、じつは日本の詩歌史の上ではかなり革新的なことでもありました。〝感ずることにおいて見る〟のが日本人の特徴だとしたのは和辻哲郎の『風土』の著名なことばですが、この句にはやはり具象的な描写が一つもないのに、近江の俳諧仲間と共有した万感の想いが伝わってくるのです。しかも、この句の背後からは、〈淡海《あふみ》の海《み》夕浪千鳥汝《な》が鳴けば心もしのに古《いにしへ》思ほゆ〉と古都の繁栄を偲んだ柿本人麻呂の時代以来の、琵琶湖の風光を愛した詩人たちの詠んださまざまなイメージも湧いてきます。

　さらにもっと大事なことは、ここで近江の「風光」の美しさは単に客観的に眺めた景観ということではなく、「**風光の人を感動せしむる事、真《まこと》なるかな**」とあるように、「風光」そのもののもつ生命の力が否応なしに詩人たちを感動させるものだとしていることであります。ここには「自然」と「人間」とが二元化してしまった近代の風景観はなく、「自然」と「人間」が一体化した風景観しかありません。しかも、それは和歌や連歌の世界で説かれてきたような、「自然」のなかの個々の景物のもつ「本情」を尊重するといったような次元のものではなく、ひたすら造化の神に従うという主客合一、物我一如の世界観なのです。

「行く春を」の句は、はじめ真蹟懐紙に「志賀辛崎に舟をうかべて、ひと〴〵はるをおしみけるに」と詞書し、〈行く春やあふみの人とおしみける〉の句形で発表されています。明らかに近江の人々との仲間意識――〝ともだちのワ〟のなかで対詠的に発想されたものです。それが『猿蓑』掲載の成案では、詞書は「湖水ニ臨ミテ春ヲ惜シム」と短縮され、上五文字が「行く春を」と改められています。つまり独詠的な句になりました。しかし、初案の詞書《ことばがき》などからみて、この句に強く〝座〟の意識が働いていたことは確かです。また、この句はいわゆる「取合せ」の句に対する「一すじ」の句の典型としてよくとり上げられますが、初案に「や」を配した句形などからみると、発想には取り合わせの意識が働いていたことは間違いないでしょう。

5　笑いはミステリアス

『去来抄』の対話の場面には、しばしば気分や感情の要素が漂い、芭蕉も怒ったり笑ったりしています。

病雁《やむかり》の夜寒《よさむ》に落ちて旅寝《たびね》哉《かな》　芭蕉
あまのやは小海老《こえび》にまじるいとゞ哉　同

『猿蓑』の撰集のとき、先師は「このうちの一句を入集せよ」といわれた。凡兆《ぼんちょう》は「「病雁」の句はなるほどよい句だが、「小海老にまじるいとど」は、一句における言葉の自由な働きといい、題材の新しさといい、じつに秀逸な句である」と言って、この句の入集を要請した。私は「「小海老」の句は題材が珍しいけれども、その題材を思いつきさえすれば、私でも詠めそうな句である。「病雁」の句は、一句の品格も高く、幽玄な趣があり、私などはどうしてこんな高い句境を表出できようか」と論じて、結局両句とも要請して入集させた。

その後、先師は「「病雁」の句を「小海老」の句と同列に論じたのだなあ」とお笑いなさっ

たのであった。（先師評）

二つの句はともに近江の堅田《かただ》に旅をして詠んだ句です。「病雁」の句は、一羽の病んだ雁が列を離れて秋の夜寒の地上に降りてゆく――その鳴き声を聞きながら、病に臥した私もひとり旅寝をすることだ、といった句意です。近江八景の一つ「堅田の落雁」からの連想もありましょう。「小海老」の句は、湖岸のわびしい漁師の家の庭先には小海老が干してあり、その中にまじって「いとど」（えびこおろぎ）が跳びはねているのが目につく、といった句意です。そこで、客観的な叙景句を好む凡兆は「句のかけり、事あたらしさ、誠に秀逸の句なり」として「小海老」の句を推賞し、幽玄余情の心境象徴句を理想とする去来《きょらい》は「「病雁」は格高く趣《おもむき》かすかにして、いかでかここを案じつけん」と評して「病雁」の句を推挙したのでした。

『猿蓑』入集の両句ですが、一般的には、芭蕉の俳風にふさわしいものとして「病雁」を推す声が圧倒的でしょう。名吟〈荒海や佐渡に横たふ天の河〉にしてもそうですが、芭蕉の句には単なる風景ではなく、「虚」と「実」の融合した心象風景の句が多いのです。「病雁」の句の座五の「旅寝」は、雁の旅寝であるとともに芭蕉の旅寝でもあり、なによりも隊列から離れてゆく一羽の雁を、病んでいる雁と観じたこと自体が「虚」の意識によるものです。雁が病気かどうかはわかりません。しかし、その「虚」が芭蕉の「旅寝」における孤独感という「実」と融合して、いかにも詩的真実として迫ってくるところに一句の生命があるのです。芭蕉は自分の「内面の風景」とか「意識の風景」を、外界の「環境の風景」を借りて表現しているのです。

もともと私たちの認識のプロセスそのものが、現実と仮想との出会いであり、脳はさまざまな「仮想」とのマッチングを通して、周囲の「現実」を認識するものだと、脳科学では説かれています。人間は、現実にないものを見ることによって、現実をより豊かなコンテクスト（文脈）の下《もと》で見ることができるようになったのだとも言われています。

さて、去来と凡兆の論争に対して、芭蕉は「**「病雁」を「小海老」などと同じごとく論じけりと笑ひ給ひけり**」という態度をとりました。いったい芭蕉の「笑ひ」はどんな笑いなのでしょうか――それはあたかもモナリザの微笑のようにミステリアスに推測されてきました。まず第一は、芭蕉は当然「病雁」のような心境象徴句に自信をもっていたのだから、それを見抜けなかった凡兆の鑑賞眼の低さへの〝嘲笑〟とみる見解です。ただ、そうしますと、芭蕉は句の評価を決めた上で両人の鑑賞眼をテストしたことになり、嫌味なことをしたようにも映ります。また、当初は両句の評価に悩んでいた芭蕉が、後日「病雁」の句への自信が決定的になったことを示す笑いだったとする説もあります。去来が自分に都合のよいように曲筆したのだという見方さえあります。さらに芭蕉のことばは句としての優劣の評価ではなく、題材として「雁」という荘重なものと「小海老」という軽俗なものとが比較されていることへの洒落めかした上機嫌の笑いに過ぎないとみる説もあります。

これらに対して尾形仂《つとむ》さんの考えでは、じつは「小海老」の句も、単なる嘱目の景ではなくて、見知らぬ土地の人の中に旅寝の憂さをかこっている芭蕉の感懐――もっと言えば、風雅を十分解しない堅田の連衆《れんじゅ》（俳諧仲間）の中で味わう孤独感を「小海老」の中の「いとど」に寓喩したのだとみています（これに関連して、「病雁」は空にあった同質の〝群〟から〝個〟が別れる句、「小海老」は水にあった異質の〝群〟に陸にあった〝個〟が出会う句と分析する光田和伸さんの見解もあります）。つまり、両句ともじつは心境象徴の句であるのに、「小海老」のほうは叙景句だと受け取ってしまった去来・凡兆に対して、やれやれ困ったことだと「苦笑」したことになるわけです。

いずれにしても、比喩的な寓意の痕跡を残す「小海老」の句よりは、病む雁と作者芭蕉とが渾然一体化した「病雁」の句のほうが、一句の完成度としてははるかに高いでしょう。

6　二日月、危うし

〈枯芦の日に〳〵折《をれ》て流れけり〉と詠んだ江戸中期の俳人蘭更《らんこう》は「枯芦の蘭更」と呼ばれました。これから扱う「二日の月」を詠んだ蕉門の荷兮《かけい》は兀峰《こつぽう》編の『桃の実』に「尾張の荷兮を此《この》ごろ世に凩の荷兮といへるは、（中略）二日の月のぬしになりたる故にや」とあるように、この一句によって有名になりました。ずっと昔「木枯紋次郎」というドラマが大ヒットしましたが、これはむしろ芭蕉の〈狂句こがらしの身は竹斎《ちくさい》に似たる哉〉のイメージに近いでしょう。でも、芭蕉は「木枯の芭蕉」とは呼ばれませんでした。

凩《こがらし》に二日の月のふきちるか　荷兮

凩の地にもおとさぬしぐれ哉《かな》　去来

私は「荷兮の句は「二日の月」という珍しい素材を出したところといい、「ふきちるか」と表現の力強さ、巧みさを発揮したところといい、私の句よりもずっと秀れていると思われる」と言った。これに対し先師は「荷兮の句は「二日の月」という素材の珍しさに頼って句を仕立てている。その「二日の月」という題材を別にすれば、それほどの句ではない。おまえの句はこれといった特別な素材によって作ったわけではないが、全体としてよい句である。ただ、「地まで」と時雨の落ちるところを限定した「まで」の字が理屈っぽくて品格を落としている」として「地にも」と訂正なさった。初案の句形は「地までおとさぬ」なのであった。（先師評）

ここで去来は〝想〟の句である荷兮の句の才気――その感覚の冴《さ》えに感嘆しているのですが、芭蕉は〝実景〟に即した去来の中庸の句境を推し、添削を加えて句品を練り上げてみせたのです。「月のふきちるか」も「地にもおとさぬ」も、実際にはあり得ない〝虚〟の世界であり、どちらにも表現のあやが働いています。積翠《せきすい》の『去来抄評』（寛政五年〔一七九三〕成）には、荷兮の句を、木の葉のような細い月を凩に吹き散るのではと眺めるのは〝比喩〟であるとし、去来の句で、時雨がばらついても地面が濡れないのは、比喩ではなく〝実《じつ》〟の景とみられる点で勝れているのだと評していますが、いかがなものでしょうか。

どうもここでは、芭蕉の「汝《なんじ》が句は、何《なに》を以《もっ》て作《さく》したるとも見えず、全体の好句なり」という評価そのままに、去来の句に軍配をあげるわけにはゆかないような気がします。それは荷兮の句の「二日月」のとらえ方――天地を席巻するばかりの凩の激しさと薄明の西空にある細い月の鋭角的なとらえ方には凄愴味さえ感じられるのに対して、去来の句には、たとえ「まで」を「にも」とやわらげたとしても、どこか理屈があり、説明的な描写に過ぎないように思われるからです。芭蕉の句には〈みそか月なし千《ち》とせの杉を抱くあらし〉（『野ざらし紀行』）とか〈木枯《こがらし》に岩吹《ふき》とがる杉間かな〉（『笈《おい》日記』）といった、作者の主観に強烈にひきつけておいて、しかも気韻生動の魄力《はくりょく》を獲得している鋭い表現が多いのですが、そうした切り込みの深さが、荷兮の句にも感じられるのではないでしょうか。しかもそれでいて、当時の俳論書『真木柱《まきばしら》』にこの句を「ほそくからびたる体」と評しているような風趣もあります。ですから、芭蕉が一概にこの句を道具をもって作られた才気と技巧の句として退けたとするのは、どうしても腑《ふ》に落ちないことなのです。

ここではまず、この芭蕉の評があった対話の「場」が問題になります。おそらく去来の句をやや一方的に誉めていることには、この場合の相手が他ならぬ去来であったことを無視できないのではないでしょうか。それに当時における荷兮の動向――彼がしだいに芭蕉から離反してゆこうとしていたことを考慮に入れるべきでしょう。そうした芭蕉の場に応じた発言を、去来が自分流に受けとめて構成している点を疑ってみる必要もあるのです。

「二日の月もふきちるか」というのは、じつに大胆な「仮想」でありましょう。けれども私たちは――とくに詩や文芸の世界において、「仮想」というものにリアリティを感ずるのではないでしょうか。「仮想」は人間の精神の自由から発して、われわれの前に実在しているのです。

明治期、子規と同時代の二葉亭四迷は想実論――〝想〟の世界と〝実〟の世界を二元化しつつ、実相を借りて虚相を写すことを唱えました。芭蕉や支考の俳論にいう「虚に居て実を行う」とは一見逆になりますが、基本的には同じ認識に立つものです。あるいはそれを小説と詩（俳句）のちがいとみることもできましょう。蕉風俳論にいう「姿」（イメージ）の尊重、子規の説いた「写生」という方法を考えるのにも、「仮想」と「現実」、「虚」と「実」の問題が、どうしてもかかわってくるわけです。そしてじつは、その子規の句にも「凩」を詠んだ句が結構多いのです。

凩や月の光を吹き散らす　（『寒山落木』）

の句など、趣向は荷兮の句と似通いますが、荷兮の「二日月」が「凩」の前に〝危うさ〟をもって迫ってくるのに対し、子規の「月の光」は印象鮮明、比喩としても〝なるほど〟とうなずかれるものでしょう。

7　闇のなかの光、光のあとの闇

わたしたちは闇のなかの光に憧れ、光のあとの闇を怖れます。近年一段と華やかになった都会の夜のイルミネーションは、闇のなかの光をめざす造形芸術です。逆に〝百万ドルの夜景〟と呼ばれるものには闇が潜んでいます。先ごろ出た大岡信編の連詩集は、谷川俊太郎の発句に当たる第一作のなかの「闇にひそむ光　光にひそむ闇にみちびかれて」の一行によって『闇にひそむ光』（岩波書店）と題されています。

田のへりの豆つたひ行く蛍《ほたる》かな

この句、もとは先師（芭蕉）が添削された凡兆《ぼんちょう》の句であった。『猿蓑』撰集のとき、凡兆は「この句は見所《みどころ》がない。撰から除くべきだ」と言った。私（去来）は「田の畝《うね》に植えられた畦《あぜ》豆《まめ》を伝いながら蛍の飛びゆくさまは、闇夜の情景として風趣がある」と述べて入集することを主張した。だが、凡兆は許さなかった。ところが先師は「凡兆がもしこの句を捨てるのなら、私が拾おう。ちょうど伊賀の作者の句に似た句があるので、それを手直ししてこの句としてしまおう」と言われ、ついに万乎《まんこ》の句として入集させたのであった。

（先師評）

ここで凡兆の句を万乎の句にしてしまうというのは随分乱暴なようですが、連句という共同詩作体験を重ねていた時代ですから、よくあったことなのです。ですから、そのことはさておいて、去来が「**闇夜の景色、風姿あり**」と評して、この句を動くイルミネーションさながらの視覚的イメージの句――蕉風で尊重された「姿」のある句として称揚したことを問題にしましょう。まず凡兆は何故これを嫌ったのでしょうか。考えられることは、才気煥発な凡兆にとって、こうした単純な構成の写生風の句は物足りなかったのかもしれません。あるいはまた師の斧正《ふせい》のあったことが気に入らなかったのかもしれません。そうだとすれば、「この句見るところなし」という凡兆の発言も、字義通り表面的には受けとれないかもしれないのです。

わたしたちのさまざまな感覚の働きのなかで、眼が最高の器官として働き、〝視覚優位〟の文化が誕生したのは、いつごろからだったのでしょうか。西欧ではやはりルネッサンスの時代、わが国では、その西欧文明の流入した明治期に、視覚の大胆な解放がもたらされたとみられます。透視画法に基づく幾何学的な遠近法や物理学的な自然観が成長してゆきます。自然や風景を、自分と向かい合う対象として、客観化したかたちで「見る」ことがはじまります。けれども、「見る」とか「見える」といった視覚の世界もまたなかなか複雑怪奇なしくみになっているのです。

脳と視覚の実験心理学者である山口真実さんの『視覚の世界の謎に迫る』（講談社ブルーバックス）によりますと、新生児の段階では視覚機能の働きはゼロなのですが、視覚を司る脳の働きの訓練を、経験的に重ねてゆくことで、しだいに「見る」ことができるようになるのだそうです。そして、わたしたちはこの世界を脳の働きによって見ているのであり、眼という感覚器官から入ってきた情報を切り捨てたり、逆に情報の欠落しているところを補ったりして見ているわけです。しかも、眼という感覚器官そのものにも個人差があるらしいので、わたしたちの意識にのぼるこの世界の映像もまたきわめて主観的なものであるようです。ですから、見る人の主観によって、「景気」、すなわち視覚の風景は、焦点がひっくり返ってしまうこともあるのです。

電《いなづま》のかきまぜて行く闇夜かな　去来

丈草と支考は口をそろえて「この句は、下五文字の「闇夜かな」が二重の説明になっている。ここは「田づらかな」とかなんとか置きたいところだ」と言った。私は「そんなものを置いてはいけない。ただ「闇夜」でよいのだ」と答えた。丈草・支考の両人は「それはなるほどもっともな句にはなるが、おもしろみがない」と論じた。その後、私は丈草に「あれから冷静に考えてみたが、お二人はあの句を電を主題とした句とみられたのである。だがじつは電の過ぎたあとの闇夜の句なのである。だから「かきまぜて行く」と言ったのだ」と語った。丈草は「そこまでは気がつかなかった」と答えた。この判定はどんなものでしょうか。（同門評）

作者の去来自身によれば「電がぴかぴかっとかきまぜるように通り過ぎていったあと、深い闇夜が広がった」という句意であります。つまり「電後闇夜の句なり」なのです。けれども丈草・支考は電の光の景趣を詠んだ句だと解釈しました。さてどちらに軍配をあげるべきでしょうか。許六《きょりく》は

「やみ夜とは都鄙《とひ》きかぬ通俗也」（『俳諧問答』）として去来の用語を批難しました。たしかに「……行く」という現在形で、行ったあとを示す語法にも無理があります。また、芭蕉にも〈星崎の闇を見よとや啼く千鳥〉のような句はありますが、「闇」そのものを主題とした句はないのです。そうしたことを前提にすると、去来のこの句は当時としては随分大胆な着想の句だったといえましょう。

8　肌で触る、目で触る

江戸中興期の俳人闌更《らんこう》――あの「枯芦《かれあし》の闌更」の句に、

初しぐれ目にふれ身にもふれにけり

という句があります。初時雨を目に触れて知覚するだけでなく、直接身に触れても感ずる――いわば視覚と触覚がリンクした表現です。対象を客観化してとらえるには、普通は目の働き――視覚の働きが最も有効とされますが、人間の五感は決してバラバラに機能するものではありません。第六感の働きもあります。

腫物《はれもの》に柳のさはるしなへ哉《かな》　芭　蕉

この句は『浪化集《ろうかしゅう》』には「腫物にさはる柳のしなへ哉」として出ている。これは私（去来）が誤って伝えたためである。そこで再び史邦《ふみくに》編の『芭蕉庵小文庫《ばしょうあんこぶんこ》』には「柳のさはる」と訂正して出したのである。ところが支考《しこう》は「その中七は「さはる柳」でよい。何故改めたのですか」と言った。私が「「さはる柳」としたら、どういう句意になるのか」と聞き返すと、支考は「「柳のしなへ」とは、柳がしなやかにたわむさまがまるで柔かに腫物に触るようだという比喩的な表現である」と言う。私が「そうではない。柳が直接に（首筋あたりの）腫物に触ったのだ。「さはる柳」とすると、直接触ったとも比喩であるとも両様に解釈できるので、改めて私の誤りを直したのだ」と言うと、支考は「あなたの見方は行き過ぎだ。そのまま比喩と解して「さはる柳」と受けとるべきだ」と反論した。また丈草は「言葉の続きぐあいはどちらがよいかわからないが、一句の趣向は支考の言う通りであろう」と言った。私は「さすがの御両人も、この大事な点を理解されていないのは残念だ。これを比喩として表現するのなら、誰でも詠めるだろう。柳の枝が直接腫物に触るとは、先師（芭蕉）でなくてはどうして詠むことができようか。句の格調も品位も、そのほうが数段も勝《すぐ》れている」と論じた。

のちに、許六《きょりく》は「先師の書かれた短冊に「さはる柳」とある。その上「柳のさはる」とすれば、上五が下へ続かず〝首切《くびきれ》〟になる」と言った。私が「首切についてのあなたの考えは私が理解するところと違っているが、今はその点は論じないことにする。ただ、先師の手紙にも「柳のさはる」と確かに書いてあった」と言うと、許六は「先師は自分の句をあとでお直しになることが多い。真蹟があっても、それを証拠にはし難い」と言う。こうして支考・丈草・許六の三人はともに「さはる柳」をとる説なのであった。この上は、どちらが正しいか、後の賢者たちにはしっかりと判断してもらいたい。

（同門評）

ここではまず、前半の去来対支考・丈草の対立で、支考・丈草がこの句を「**柳のしなへは腫物にさはるごとし、と比喩なり**」とみるのに対し、去来は「しからず、**柳の直《ぢき》にさはりたるなり**」と応酬しています。後半では許六が「先師の短冊」を証拠に「さはる柳」説をとるのに対し、去来は「先師の文」（元禄七年〔一六九四〕正月二十九日付去来宛芭蕉書簡）に「柳のさはる」とあると反駁しています。では、この対立する解釈は具体的にどのようになるのでしょうか。青みはじめた枝垂柳《しだれやなぎ》の枝が春風になびいているところを通りかかると、首筋あたりの腫物に柳の枝が触れてひやりとしたが、柳の枝のしなりぐあいがなんともしなやかで、痛みも感じない、というのが実感説です。また、青みはじめた細くなよやかな枝垂柳が春風にかすかに揺れている――そのしなやかな風情は、まるで恐る恐る腫物に触るかのような感じだ、というのが比喩説です。江戸時代の古注では「すべて比喩体の眼前体に劣れる事知るべし」と去来に味方していますが、いかがでしょうか。諸種の関連文献からみると、初案が「柳のさはる」で、再案が「さはる柳の」とみられるのですが、どちらの句形にしても比喩と実感、どちらの解釈も成り立つような気がします。

西欧の十七世紀では、視覚と触覚は相互に扶助し合いながら働くものと考えられていました。G・バークリー（一六八五〜一七五三、イギリスの哲学者）の『視覚新論』（一七〇九年刊）には「心は常にその視線を視覚的対象から触覚的観念へと移動させる」ものとあり、視覚と触覚がリンクしてゆくことが説かれています。十八世紀になると、視覚より触覚を優位に置く感覚論も登場します。コンディヤック（一七一五〜八〇、フランスの哲学者）の『感覚論』（一七五四年刊）には「触覚」が「それ自身で外部の対象を判断する唯一の感覚」であると説かれています。むろん、ここでいう「触覚」とは単に皮膚の接触感覚をいうのではなく、むしろ、精神のなかで「もの」がもつ生命力そのものと触れ合う感覚だといってよいでしょう。アリストテレスのいう「体性感覚」です。そうした見地から〈腫物に〉の句を考えると、「実感」説では「肌」に触れる知覚としての「触覚」を詠んだことになり、「比喩」説では「目」の感じとった体性感覚的な「触覚」の働きを詠んだ句ということになります。じつは芭蕉の句には〈藻にすだく白魚や取らば消ぬべき〉など、そうした体性感覚を働かせた句が結構多いのです。

9　脳内縮小コピー

中国の蘇軾《そしょく》の有名なことばに「画中ニ詩アリ、詩中ニ画アリ」とありますように、画と詩には通ずる点があります。「詩は有声の絵」だともいわれます。

鞍壺《くらつぼ》に小坊主《こばうず》のるや大根引《だいこひき》　芭蕉

蘭国《らんこく》が「この句はどういうところがおもしろいのか」と尋ねた。私（去来）は「あなたには今はこの句のよさはわからないでしょう。ただ、この句の情景を絵に描いてみるとわかるはずです。たとえば花を描くのに、珍しいかたちの山、奥深い谷、霊験あらたかな神社、古寺、御所《ごしょ》などを背景にすれば、その絵はよいものになるだろう。よい絵になるから、古来そうした絵はたくさんある。こうした類《たぐい》の絵は図柄が悪いわけではない。ただ、珍しくないので、人々にもてはやされないのである。また、はじめから絵に描いてみて、図柄としてかたちの好ましくないものもあるだろう。こうしたものはむろん、図柄が悪いために用いられない。ところが、今、珍しく雅趣のある風景の図柄があれば、これを画に描いてみてもよいだろうし、句に作ってもよいだろう。そうだとすれば、この句のように大根を引いている農民の傍らに草を食べている馬が首を下げていて、その馬の鞍壺に小さな男の子がちょこなんと乗っている光景があって、それを絵に描いたとしたら、それは古くさいだろうか、つまらないだろうか、よく推察してみてください」と答えた。

蘭国の兄の何某《なにがし》がこれを聞いて、蘭国よりもかえって感心したのであった。彼は俳諧のことはわからないのだが、画をよくした人だったので、私の話が理解できたのである。この兄弟は絵師尚景《しょうけい》の子であった。（同門評）

ここで芭蕉の句は、農家の人たちが一家総出で大根引をしているが、ふと見ると、畑の隅につながれた馬の鞍に小さな男の子がちょこなんと乗っているという、どこにでもありそうな農村風景であります。芭蕉自身が「のるや大根引、と小坊主のよく目に立つ所、句作りあり」（『三冊子《さんぞうし》』）と評しているように、身をかがめて大根を引く人、首を低くして草を食べている馬、そして対照的に馬上高いところで悦に入っている男の子という図柄が、飄逸《ひょういつ》でユーモラスでもあります。蘭国の質問に答えて、去来が「**ただ図して知らるべし**」と説いたのはうなずけます。むろん、ただ絵画的であればいいというのではなく、花の背景に奇山・幽谷・古寺などを配するようなステレオタイプ化した構図では駄目なことなどをも補っています。この句のような興趣に富んだ図柄なら、「**これを画となしてもよからん、句となしてもよからん**」ということです。去来は最後に質問者蘭国とその兄が京の狩野派の画家尚景の子であることを種明しして、画俳一致の説の結びとしています。

「もの」や「自然」を対象化して描くということは画家の眼になるということです。「もの」や「自然」が客観的な対象となったとき、「写生」ということが成立します。秋元不死男のいわゆる〝俳句もの説〟も、このことを起点としています。〝視覚優位〟が持ち込まれた日本の近代では、とにかく自分の眼で見ることが基本になりました。視覚の構図には、遠近法が加わり、奥行きが獲得されました。遠近法は、じつは〝作図上の錯覚による現実のとらえ方〟に過ぎないともいえるのですが、その後普及してゆきました。むろん、ここで芭蕉の「大根引」の句には遠近法的な知覚の働きはほとんどありません。

句の「姿」、すなわち視覚的イメージの表出を優先させた支考《しこう》も「発句は屏風《びょうぶ》の画と思ふべし」(『二十五条《にじゅうごかじょう》』)と説き、晩年にはさらにこれを進めて、「画図《がと》の体《たい》」として、

粽《ちまき》ゆふ片手にはさむ額髪《ひたひがみ》
降らずとも竹植うる日は蓑《みの》と笠《かさ》

のような例句を示して、「前は菱川(師宣《もろのぶ》)が色絵をつくし、後は(狩野)洞雲が墨絵を写して……」(『俳諧古今抄』)と述べ、それぞれの句を色彩画、墨絵に擬しています。

自分の眼でとらえたものを絵に描くようにイメージ化するとはどういうことでしょうか。じつは、わたしたちが網膜を介して脳に映し出す映像は縮小写像なのだそうです。現代の脳科学では、脳の

意識のなかで感じるクオリア、つまり感覚にともなう質感は、一種の縮小写像なのです。人間の脳の神経細胞の活動の結果生じる表象には、なんと縮小コピーの原理が働いていることになります。視覚がとらえた空間はすべて縮小されて知覚される――いや、空間ばかりでなく時間もまた瞬間（今）のなかに縮小されて認知されるのだそうです。

けれども、縮小は逆に小さな写像によって、大きく広い世界へと接続させてゆく力をもっているのです。芭蕉の「小坊主」と「大根引」の絵は、決して大きなカンバスの絵ではなく、小さな色紙に描かれた小品といった趣《おもむき》のもので、画面そのものが縮小写像ですが、描かれた世界はそれなりの広がりを感じさせます。あえていえば省筆、減筆による飄逸な〝俳画〟の世界といってよいかもしれません。

10　それは人、もしかして猿

戦後の国語教育では、自分のとらえた詩のイメージをイラスト化することが流行しました。わたしもそれにならって、大学で『去来抄』を講読しながら、句のイメージを描いてもらったことがあります。そうしますと、たとえば〈岩鼻《いわはな》やここにもひとり月の客〉なら、岩山の景観、山野を吟歩する人、空には明月といった構図のものが、さまざまなタッチで描かれました。ところが、そこにたったひとり、画面一杯にみごとな満月だけをクローズアップして描いた作品があり、うんうん、なるほどと感心させられたことがあります。月を賞でるこの句の作者の視点からみれば、これは一つの正解です。この画を提出したのは、当時すでにプロの少女マンガ家であった水沢めぐみさんでした。

岩鼻《いははな》やここにもひとり月の客　去来

先師が上京されたとき、私は「洒堂《しゃどう》はこの句の下五文字は「月の猿」とすべきだと申しましたが、私は「月の客」のほうがすぐれていると言いました。いかがなものでしょうか」と尋ねた。先師は「「猿」とは何事だ。おまえはこの句をどのような着想で作ったのか」と反問された。私は「明月に誘われて、句を案じながら山野をそぞろ歩きしましたところ、大きな岩の端に、自分以外にもうひとりの風流人がいるのを見つけたのです」と答えた。

するると先師は「「ここにもひとり月の客としての自分がいますよ」と、自ら月に対して名乗り出たかたちのほうが、どれほどか風流な句になろう。ここでは〝自称〟の句とすべきである。この句は私も高く評価して、計画中の句文集『笈《おい》の小文《こぶみ》』に書き入れてあるのだ」と言われた。なるほど、「月の客」を、〝他称〟、つまり自分以外の風流人とする私の構想は、先師の見方に比べて二、三等も劣ったものになる。先師の解釈に従って〝自称〟の句とすれば、いささか月に興ずる風狂人の趣もあるのではなかろうか。（先師評）

ここには三つの異なる解釈が示されています。第一は近江蕉門洒堂のもので、明月の夜、吟歩していると、人気のない岩頭に猿の姿を見出し、ここにも月を賞でる友がいるのだなあと感興を催したとみる立場。第二は作者去来自身の説明で、明月の夜、山野を歩いていると、岩頭にすでに月を賞でている詩客があったので、ここにも自分と同じ風狂人がいるのだと興を感じたことを詠んだとする立場。第三はこの句の読者としての芭蕉の示した決定的な解釈で、明月の今夜、月を賞でる人も多かろうが、この岩頭にも、ひとり月を賞でている風狂人としての自分がおりますよ、という句意で、「**己《おのれ》と名乗り出づらんこそ、幾ばくの風流ならん**」という見解であります。そして、この第三の解釈では、「月の客」である自分がすでに岩頭にいて、近づいてくる人に対して名乗るのか、それとも先に岩頭にいた人に対して名乗るのか、それとも岩頭、まったく人のいないところで、まさに「月」に向って名乗るのか、あるいは自分自身に対して名乗るのか、なお多義多解でありましょう。

このうち「月の猿」では、「巴峡《はきょう》秋深シ、五夜の哀猿《あいえん》月に叫ぶ」（『和漢朗詠集』雑部「猿」）など、伝統的な詩画の世界と類想になってしまうし、去来自身の着想は、山野の遊吟そのものに俗心を離れた風狂の精神が発揮されてはいますが、いささか平凡であり、やはり、作者自ら岩頭に腰をかけて、天空の月に向って呼びかけるといった激しい狂態にこそ「風狂」の神髄が見届けられましょう。「風狂」とは究極的には自と他の対立さえも超越して、自ら対象に合体してゆこうとする精神で、いわゆる「造化に随ひ、造化に帰る」風雅観であります。それでいて、また、芭蕉の〈狂句こがらしの身は竹斎に似たる哉〉の句のように、自ら風狂の世界に興じつつ、その自分自身をも対象化してゆくような句境をさすのであり、それはまさに去来が「月の客」となる風狂にも通じてゆくものであります。

わたしはここで雪舟の大作『山水画巻』を想い起こします。山水の画中に点出された人物は東洋画の伝統では作者を示すのだそうです。そして「ここにもひとり」と名乗る自分自身を「月の客」と客観化してしまうのが風狂の姿勢であり、なによりも俳諧や俳句の精神でもあるのです。

ところが、一転して、この自ら名乗りをあげる「月の客」は岩頭の「猿」そのものだと解すべきではないかと主張されたのは、俳人でもあり俳文学者でもある村松友次《ともつぐ》（紅花《こうか》）さんでした。岩頭の猿が、作者つまり月に浮かれ歩く風狂者に向って「ここにもひとり」の「月の客」がおりますよ、と呼びかける情景だというのです。むろん「月の猿」などとは言わないところがおもしろいのです。去来が実際に嵯峨野を出て遊歩したのは、清滝川を溯った小野の化岩《ばけいわ》だと推定されますが、そこはとうてい人間が登れるようなところではないことなど、いくつか証拠にあげています。これですと、芭蕉が猿に感情移入した〈初しぐれ猿も小蓑をほしげ也〉の句などの境地をも超越した、風狂の極意に到達した句境ということになりましょう。

第二章　こどもの秀句、おとなの醜句

去来（『俳諧百一集』明和２年）

1　視点は自由自在

俳句のショットはカメラのショットを超えるものであり、ビデオカメラのショットよりも自由自在に働くものであります。俳句作者の視点は、現実の位置を離れて、どのような空間に向けても自由に飛翔することができますし、時間的にも自在な視点をもつことができます。たとえば、

時雨《しぐ》るるや黒木つむ屋の窓あかり　凡兆

の句の視点と構図については、屋内からの視点とみるか屋外からの視点とみるか、古く河東碧梧《かわひがしへきご》桐《とう》と内藤鳴雪《めいせつ》の論争があって以来、意見が分かれますが、ずばり、そこには内外両様の視点が働いているものと、わたしは受けとっています。時雨の降る夜、黒木（生木をいぶした薪）を軒近くまで積み上げた情景をやや遠望する体の句とみますが、「窓あかり」は普通は外光による窓の明るみをいうところから、寒々とした室内にいて、時雨の音を聞きながら、積み上げられた黒木の間の小窓から明りのさし込むのをながめている吟ともとれます。わたしは、一句の構図としては遠望する体だと思いますが、作者の眼は室内にも及んでおり、作者の心は窓の内の人と交流しているのだと

感じられます。そこに単なる写生を超えた無限の詩情が漂ってくるわけです。

応々《おうおう》といへどたたくや雪の門《かど》　去来

この句について同門の人たちの間で、丈草《じょうそう》は「不易《ふえき》の風体を保ちながら、しかも最新流行の風体をつかんでいる」、支考《しこう》は「どうしてこんな平淡な詠みぶりに到達できるのでしょうか」、正秀《まさひで》は「こんな秀れた句を先師が生前にお聞きになれなかったのが残念なだけだ」、曲翠《きょくすい》は「句のよしあしは論ずるまでもないことで、当今これだけの句を作れる人があろうとは思えない」、其角《きかく》は「じつに雪の門の景情をよくとらえている」、許六《きょりく》は「大変すばらしい句である。だが、まだ、完全とはいえない」、露川《ろせん》は「上五文字の「応々と」がなんともいえない」といったように、さまざまな評があった。

私はこれらの評に対して「人々の意見は、それぞれが到達した句境から出ているのだと思う。この句は先師が亡くなられた直後の冬に作った句である。そのころは同門の人々もこれほどの句を作るのは難しいと思ったものであった。けれども、今では自分も他の門人たちも、こうした句境にはとどまってはいないのだ」と思った。　（同門評）

「応々と」の句は元禄七年（一六九四）刊の『句兄弟《くきょうだい》』に発表されています。冬夜、しんしんと降り積もる雪の中を訪ねてきた人が、雪に埋れて閉ざされた門をしきり叩いている――家の内からは「はーい、はーい」と返事をするのだが、それが耳に入らないのか、なお、あわただしく門を叩く音が聞えてくる、といった情景でありましょう。「応々といへどたたくや」という屈折した叙法が、門の内外の動静を巧みに描き出しています。そして、この句についての門人評は、去来が「人々の評、またおのおのその位より出づ」と判定しているように、さまざまであり、丈草は去来の得意とした「不易流行」論で、支考は自らの「俗談平話《ぞくだんへいわ》」の立場からといったぐあいに論じ合っています。このうち、一句の華麗な風姿に重点を置いた其角の評に対しては、去来は元禄八年正月二十九日付で許六へ出した手紙のなかで「情《なさけ》なき事」と不満を呈していますが、それは、この句が単なる雪の門の華麗な情景を描いたものではなく、そのなかにしんみりとした風情の漂ってくる句であることを感じとってもらえなかったからでしょう。去来はこの句を「さび」のある句として自賛しているのでした。また、鼻っ柱の強い許六が不十分な表現と表したのは、彼の得意とする「取合せ」の手法にかかわる言及かもしれません。

ところで、先の許六宛の去来書簡によりますと、この句の初案は〈たゝかれてあくる間知《まし》れや雪の門〉、再案は〈あくる間を叩きつゞけや雪の門〉でありました。そして、どちらも『蜻蛉《かげろう》日記』や『百人一首』にも出てくる道綱《みちつな》の母の和歌〈歎きつつひとり寝《ぬ》る夜のあくる間はいかにひさしきものとかは知る〉をふまえた本歌取の句であると言っています。歌の詞書に「門《かど》をおそくあけければ」とあるように、長い間訪れてこなかった夫兼家《おっとかねいえ》が暁方、しきりに門を叩くのを、わざと門を開《あ》けさせない道綱の母の心境を詠んだこの一首の〝夜の明くる間〟の長さを〝門を開くる間〟に取り成したところに巧みさがあるわけです。ですから、この初案、再案の句とも、家の内にいる者の視点に立った一人称の句であることは明らかです。ところが、すっかり本歌から離れた成案の「応々と」になると、「応々」と答える家の中の人の視点で詠んだものか、門を叩く訪問者の視点であるのか、はっきりしません。ですから、いっそこれを積極的に〝視点の重層性〟のあるものとみてはどうでしょうか。そこには、家の内外にわたる〝視点の移動〟の働きによって、目に見える雪の夜の「情景」ばかりでなく、目には見えない「心情」の交流のさまさえ感じられてくるのです。

2　こどもの秀句、大人の醜句

芭蕉の門人惟然坊《いぜんぼう》が郷里で晩年を過ごした美濃の関市の弁慶庵《べんけいあん》は、いま惟然記念館になっていますが、その庵主沢木美子《みね》さんは、『小熊座』の同人で、暇《ひま》をみては近所のこどもたちに俳句の指導をしています。その成果として日航財団の「世界こどもハイクコンテスト」などに多くの入賞者を出しているそうです。

おたまじゃくしあそぶともだちおおすぎる　　小一年　かつや

しゃぼん玉大声出すとこわれるよ　小三年　伽奈

青空のすずしさを聞く糸電話　小六年　あかね

母さんのにおいの川へ稚鮎《ちあゆ》たち　小六年　大地

はじめの二句は初心者らしい、素直でほほえましい作風ですが、あとの二句になると、「すずしさを聞く糸電話」とか「母さんのにおいの川へ」と、レトリカルに感性を働かせていて、高学年にふさわしい上達ぶりがうかがえます。

白雨《ゆふだち》や戸板《といた》おさゆる山の中　助童《じょどう》

私（去来《きょらい》）が考えるのに「自分が筑紫《つくし》の黒崎の地で接した句のなかでは、この少年助童の句に及ぶものはなかった。句体の上でも「姿」すなわち景趣が整っており、ことばの続きぐあいもなめらかで、句中の情にも理屈がなく、着想も清新である。今日、最も新しみのある作風といえる。世間の句の多くは、これこれだからこうなるのだというように、句中に理屈を合わせ、あるいは眼前のことをありのままに詠むといっては〈ずん切《ぎり》の竹にとまりし燕《つばくらめ》〉とか〈のうれん（暖簾）の下くぐり来《く》る燕哉《つばめかな》〉などと、当り前のことを詠むだけである。それにくらべ、この少年は、この句に示されるような素質があるので、よい師匠について学んだら、どれほど秀れた作者になることだろうか。それは第一に、まだ心のなかに理屈が入り込んでいないからである。もし悪達者な技巧が出てくるようにでもなれば、またどれほど不自然な理屈をこねた表現をすることになるだろうか――それが気がかりだ」と。

(同門評)

「白雨や」の句の作者助童は、筑紫蕉門の推颯《すいさつ》の子で、去来が長崎への帰郷の旅の途中に黒崎(北九州市八幡区)で出合ったものでしょう。一句は山家の光景で、突然の激しい夕立に襲われて、あわてて吹きはずれそうな戸板を押え込んでいるさまを詠んでいます。この句を〝秀句〟として推賞する去来は「**句体風姿あり、語呂《ごろ》とどこほらず、情ねばりなく、事あたらしく**」と、そのよさを分析しています。そして、当時、世間で詠まれているおとなたちの句が、とかく因果の理屈を含んでいたり、その逆に例句に示されるように、ただ見たままを詠んだだけの〝ただごと〟的な句であったり、ともかく〝醜句《しゅうく》〟が多いことを嘆いています。そうしたなかで、将来性十分な才能を感じさせるこの少年が、よき指導者を得て大成することを期待し、なによりも、今のまま理屈をこねない句を作ること、妙な技巧を身につけないようにと願っているのです。

こうした去来の句評は、これまで何度かふれてきた支考《しこう》の「姿先情後《しせんじょうご》」の説にぴたりと一致しているのです。支考ははやくから「俳諧は無分別のところにありて理屈なし」(『続五論《ぞくごろん》』)と述べて、句の発想に「私意」や「理屈」の入り込むことを排斥しました。天地自然の「道理」に従うのはいいけれども、人間のあさはかな「小知」や「理屈」を弄ぶことを嫌いました。去来も「蕉門は景情ともに、其《その》ある所《ところ》を吟ず。他流は心中に巧《たく》まるゝと見えたり」(修行)と、自然の景色、人間の詩情とも、あるがままを喜ぶべきことを説かれています。対象の「姿」を前面に出して、理屈に陥りやすい「情」の発動を抑えた表現を理想としたのです。それが芭蕉が晩年に力説した「かるみ」の俳風でありました。同門の許六《きょりく》なども、その伝書『俳諧雅楽集《がががくしゅう》』に「理屈、当流ニテ製禁ノ一ツ也」と説いています。少し時代の下った、広島の俳人風律《ふうりつ》の『くせ物語』などにも、「初心俳諧の三病」の第一に「理屈」をあげ、〈井の水のあたゝかに成《なる》寒さ哉〉とか〈品川に不二《ふじ》のかげなき汐干哉《しほひかな》〉といった句例を示しています。寒くなれば井戸水が暖かに感じられ、汐干のときは品川の浜に富士山の影が映らないというのは、つまらぬ理の働きだというのです。『去来抄』の同じ「同門評」で、去来は、いずれも少年の作ですが、〈嵐山《あらしやま》猿のつらうつ栗のいが〉はありのままの風情でよいけれども、〈花ちりて二日をられぬ野原哉《かな》〉は、いかにも風流めかした悪達者の句だと評しています。有名な加賀千代女《かがのちよじょ》の〈朝顔に釣瓶《つるべ》とられて貰ひ水〉の類でしょうか。『去来抄』と並ぶ蕉門の俳論書『三冊子《さんぞうし》』によれば、芭蕉も「俳諧は三尺《さんせき》の童《わらべ》にさせよ」とか「初心の句こそたのもしけれ」と説いていたのでした。

3　オシムの言葉、はせをの言葉

かつてサッカーの日本代表監督だったオシムの言葉が評判になったことがあります。「ライオンに追われたウサギが逃げ出す時に、肉離れをしますか？」といったように、巧みな比喩に託して、じつに辛辣な選手評をします。道元禅師が「仏法は、たとひ比喩なりとも、実相なるべし」（『正法眼蔵』夢中説夢）と喝破されたように、比喩表現はまさに物の本質を突き、人の精神に迫ってゆくもので、仏教やキリスト教などの教典には、比喩による説法がたくさん用いられているわけです。オシムの指導も厳しかったようですが、芭蕉もまた門人に対して、妥協のない批判をくり返しています。

切られたる夢はまことか蚤《のみ》のあと　其角

私（去来）は「其角はじつに巧みな作者です。ちょっと蚤が食いついたというほどのことを、だれがこのように巧みにいい尽せましょう」と申し上げた。

先師（芭蕉）は「そのとおりだ。彼はまさに藤原定家卿のような作者である。「それほどでもないことを、もっともらしく大げさに表現している」と申された後鳥羽院の定家評が、其角

にも当てはまる面があるのだ」といわれた。　（先師評）

其角の句は、元禄三年（一六九〇）刊の『花摘《はなつみ》』に「怖《おそ》ろしき夢を見て」と前書して出ているものので、夢のなかでばっさりと刀で斬《き》られ、はっと目が醒《さ》めてみると、おかしなことに、斬られたと思ったあたりに、蚤に食われた跡があった、という句意です。其角の才能については、野坡《やば》門の風律《ふうりつ》の『くせ物語』に「其角は天性の上手と見えたり」とか「只其《ただそ》の才器見るべし」と評されていますが、夢と現実との転換のなかで、ほんとうに人の意表を突いた着想で、どこか実感もあり、滑稽感もある句です。

其角といえば、定家の〈春の夜の夢の浮橋とだえして峰にわかるゝ横雲の空〉（『新古今集』）の歌を巧みに換骨奪胎して俳諧化した〈蚊柱《かばしら》に夢の浮橋かゝる也《なり》〉（『葛の松原』）の句も想い起されますが、其角と夢には不思議な因縁もあったのです。其角が生まれたとき、生母が暁方の霊夢のなかで和歌を得たという逸話（『其角十七条』）があり、其角自身も、母の初七日に〈夢にくる母をかへすか郭公《ほととぎす》〉などと詠んでいます。「切られたる」の句には、其角の夢に対する信仰のようなものの裏付けがあるのでしょう。そこには其角の巧みな〝幻術〟が働いていると同時に、体験に即した〝実感〟が感じられます。

ところで、この句に対する去来の評は「其角は誠《まこと》に作者にて侍る」というものでした。其角のような生来の才能に恵まれなかった去来自身の素直な感嘆の言葉に聞こえます。けれども、去来ははやく元禄十年閏二月に其角に出した書簡「晋子《しんし》其角ニ贈ル書」のなかで、其角の作風に関する生前の芭蕉との問答を紹介しながら、師の新風「かるみ」に従わない其角を激しく批判しているのです。〝流行〟に遅れた其角が「劔《ツルギ》」から「菜刀《ナガタナ》」になり下がっているとまで言い切っています。とすると、『去来抄』のなかでの対其角評にも、その〝作意〟の目立つ俳風への批判意識がこめられていたに違いありません。

さて、これを受けた芭蕉の言葉「しかり。**かれは定家の卿なり。「さしてもなき事をことごとしくいひつらね侍る」と聞《きこ》えし評に似たり**」は、『徒然草』のなかで、後鳥羽院の質問に対する定家の答え方について、兼好が評した「こと〴〵しく記し置かれ侍るなり」の口ぶりをまねたものですが、どう読みとるべきでしょうか。そこには褒貶《ほうへん》さまざまな意味がこめられているような気がするのです。

いうまでもなく、定家は古今を通して和歌の名人と評されてきた人であります。芭蕉もそうした定家については、門人指導に際して「唯《ただ》、李・杜・定家・西行等の御作等、御手本と御こころえなさるべく候ふ」（貞享二年〔一六八五〕正月八日付半残《はんざん》宛書簡）とか「……はるかに定家の骨《こつ》をさぐり、西行の筋をたどり」（元禄五年二月

其角（『夜半翁俳遷帳』明治27年）

十八日付曲翠《きょくすい》宛書簡）とか述べ、李白・杜甫・西行と同等に位置づけています。『忘梅《わすれうめ》』の序では「和歌は定家・西行に風情あらたまり」とも書いています。ただ、芭蕉の時代の歌壇では、たとえば堂上歌学攻撃の急先鋒であった江戸浅草の住人戸田茂睡《とだもすい》が『梨本集《なしのもとしゅう》』のなかで、それまで比類なき歌の名人と評されてきた定家のことを、その詠みぶりには無理に理屈をつけたような歌も少なくないのだと批判しています。定家は必ずしも和歌の神様ではないという見解が一部に生じつつあったのです。そして、もちろん定家批判といえば、時代を溯って、直接、芭蕉も目を通していたことが確実な『後鳥羽院御口伝《ごとばいんごくでん》』があったわけです。『御口伝』では、定家を「生得《しょうとく》の上手」とし、その表現の巧みさを認めながらも、釈阿《しゃくあ》（俊成）・西行にくらべれば、詩情や余情に乏しいと評されています。そうしてみると、その後鳥羽院の言葉を借りつつ、〝ウサギ〟でなく〝定家〟を引き合いに出した芭蕉の言葉には、やはり、其角の機知と作意に充《み》ちた俳風への、根本的な不満の意がこめられていたとみるほかありません。

4 蔦の葉ウェーブ――寡言の論理

ずっと以前になりますが、当時、アルゼンチンから来日してまもなくの日本語研究家ドメニコ・ラガナさんが「寡言《かげん》の論理」（『無限大』三十八号、日本IBM刊）という大変有益なエッセイを書いていました。ラガナさんは、日本語を勉強するに当たって、よく「日本語には論理性がない」ということを聞き、「いや、そんなことはない」と反発したそうなのです。日本語の論理は、西欧人の目からすれば独特だが、それは必要でないことは省いてもいいという〝省略の論理〟だとみるのです。西欧人の論理が、念には念を入れて説明する「饒舌の論理」であるのに対して、「寡言の論理」だというのです。だから、日本人は省略の手段としての余韻・含蓄・行間といった言葉の周辺や裏にひそむものを大切にするのであり、こうした日本語の論理を学ぶには、俳句を作ることが第一だとも主張しています。

つたの葉――　尾張の句

この発句については、中七下五を忘れてしまった。たしか蔦《つた》の葉が谷風に吹かれて麓のほうから峰のほうまで一筋に葉裏を吹き返されてゆくというような句であった。そして私はこの句のことを先師にお話したことがあった。ところが、先師は「発句というものは、このように隅々まで余すところなくいい尽すものではないのだ」といわれた。

支考が、このとき傍らでこれを聞いていて、大いに感嘆するところがあり、「はじめて発句というものがどういうものであるかを知りました」ということを、近ごろになって私に話してくれた。私はそのときも、いい加減に聞いてすましてしまったのであろうか、このことはすっかり忘れていました。まことに残念なことである。（先師評）

ここで去来が句形をしっかりと記していないのは、『去来抄』がまだ未定稿であったことを語っています。作者が尾張の人とありますので、これは『曠野後集《あらのこうしゅう》』（元禄六年（一六九三）刊）に載る荷兮《かけい》の〈蔦の葉は残らず風の動《そよ》ぎ哉《かな》〉をさすとみられます。山峡一面に生い茂っている紅葉した蔦が、谷風が吹き上るにつれて、吹き返された葉裏の波が一筋、すうっと峰のほうへ上ってゆくさまでしょう。ただ、この句には、去来のいう「つたの葉の谷風に一すぢ峰まで裏吹きかへさるる」という描写はないのです。それは「残らず動《そよ》ぐ」という表現から、去来が想像したものでしょう。あるいは『続《つづき》の原』（元禄元年刊）に載る蚊足《ぶんそく》の〈谷合や風吹きのぼる蔦の色〉の句との混同があったのかもしれません。去来には、新鮮な描写の句に映ったのでしょう。

ところが芭蕉は「**発句はかくのごとくくまぐままでいひ尽くすものにあらず**」と一刀両断に切り捨てました。多分、元禄七年に芭蕉が最後の旅で京へ上ったときのことでしょう。同席した支考は、このときはじめて発句というものの本質を理解したと、『去来抄』の執筆された元禄十五、六年頃語ったわけです。たしかに支考は元禄十七年正月に書いた「陳情《ちんじょう》ノ表《ひょう》」（『国の華』）に「ある夜、曲翠亭にあそぶ事ありて、尾《び》（尾張）の荷兮が蔦の葉の一句を評して、（芭蕉が）俳諧はかくいひつくすまじきをと申されしに、さはとむつかしき夢のさめたる心地ぞせらる」と記しています。支考ばかりでなく許六《きょりく》も「発句は言外の意味をふくむをよしとす」（『宇陀法師《うたのほうし》』）と述べており、後代の『蕉門誹諧語録』には「句は七、八分にいひつめてはけやけし（際立ちすぎる）。五、六分の句はいつまでも聞きあかず」という芭蕉の言葉を伝えています。

正岡子規の「写生」説にH・スペンサーの『文体論』からの影響があったことは、しばしば論じられていますが、その『文体論』を読んだ子規は、『筆まかせ』に「minor image を以て全体を現はす、即ち一部をあげて全体を現はし、あるはさみしくといはずして自らさみしき様に見せるのが、尤《もっとも》詩文の妙処なりといふに至りて、覚えず机をうつて「古池や」の句の味を知りたるを喜べり」と感想を述べています。子規研究者の松井貴子氏によりますと、子規が『文体論』から学んだのは「簡潔さは機知の真髄である」ということであり、また描写には「取捨選択」が重要であるということでありました。

子規ばかりでなく、高浜虚子も、しばしば「余韻ある俳句」「背景ある俳句」が理想であるとし、究極のところ「俳句は寡言の詩」であり、寡黙こそが最大の人間の力の表現であるのだと説いています。晩年に『玉藻』に連載したエッセイをまとめた『俳句への道』のなかでも、「言葉の単純なることが大事といい、「省略に省略を重ねて一塵《いちじん》をとどめないところに到ることが極意《ごくい》である」と言い切っているのです。

冒頭のラガナさんのエッセイに戻りますと、芭蕉の「古池や」の句を見たある禅僧が「この水のという文字はムダではないか」と言ったという話をあげて、「古池に」とあればそういえるかもしれないが、「古池や」とある以上は「水の」は最小限必要なもので、省略できないのだと主張しています。いかがでしょうか。

5　糸桜腹一杯

秀歌の条件を九つのランキングにして説いた藤原公任《きんとう》の『和歌九品《くほん》』（一〇〇九年以後成）の第一位「上品上」の評に「詞妙《たへ》にして余りの心さへあるなり」とみえますように、「余りの心」のある「余情体」が、和歌の最高の理想でありました。〈ほのぼのと明石《あかし》の浦の朝霧に島がくれ行く船をしぞ思ふ〉〈春立つといふばかりにやみ吉野の山も霞みて今朝は見ゆらむ〉が例歌にあげられていますが、「余情」はその後、俊成によって力説され、中世歌論の基調をなす理念となってゆきました。俊成は歌合せの判詞に「余情あるにや」とか「余情猶《なほ》つくしがたくや」といった評を多用しています。

下臥《したぶし》につかみ分《わ》けばやいとざくら

先師が道を歩きながらいわれるには「近ごろ、其角の編集した句集にこの句が載っている。いったいどういう考えでこの句を入集させたのだろうか」と。

私は「この句は枝垂桜《しだれざくら》が満開に広がって咲いているさまの表現として、よくいい尽しているではありませんか」と申しあげた。すると先師は「いい尽したとしても、それがなんになるだろうか」といわれた。

この先師の言葉を聞いて、私は深く心に感銘を受けるところがあった。そしてはじめて発句として成り立ちそうな句と成り立ちそうもない句があることを知ったのである。（先師評）

「下臥に」の句は其角編の『いつを昔』（元禄三年〔一六九〇〕刊）に巴風《はふう》・其角両吟歌仙（未完）の巴風の発句としてみえるものであります。伝統的な歌語に「花の下臥《したぶし》」があり、〈吉野山花の下ぶし日かず経てにほひぞ深き袖の春風〉（光明峰寺入道前摂政左大臣・『新後拾遺集』）など例歌も多いのですが、巴風の句は、そうしたなかではかなり異色の発想にみえます。「いとざくら」すなわち「枝垂桜」が美しく咲き乱れている、その花の下に仰向《あおむ》けに臥して、咲き乱れて地面まで垂れさがった花の枝を思い切りつかみ分けてみたいものだといった句意でしょう。

ここで『猿蓑』に載る「灰汁桶《あくをけ》の」歌仙の名残の花（匂いの花、揚句《あげく》の一句前の花の定座《じょうざ》）の付句〈糸桜腹《はら》いっぱいに咲《さき》にけり〉という去来の付句が想い起こされるところです。糸桜が思う存分咲き誇っている光景を「腹いっぱい」と表わしたところに、花の座にふさわしい華やかさへの賞翫があります。しかも、優美典雅な枝垂桜の満開を「腹いっぱい」と俗言で放胆に表わしたのは、俳諧らしい着想でもあります。芭蕉が「句、我儘《わがまま》也」と評したのは、その点でしょう。

さて、先ほど、この巴風の句には異色の発想がみられるといいましたが、それは「つかみ分けばや」という表現が仮想の願望によって成り立っているからです。糸桜の下に仰向けに臥した位置での視点を、自分の意思として仮想したところに、視点の自在さがあり、想像力の働きがあり、なによりもおもしろいのです。おそらくは和歌にはないものでしょう。ボリス・ウスペンスキイの『構成の詩学』(川崎浹他訳)によりますと、古代アッシリア芸術の造形表現には、芸術家が想像のなかで、描かれる空間の中心(内側)に自分を置いたときにのみ生じ得るような〝像〟の表現があるということです。

去来が、そうした発想に気づいていたとは思いませんが、とにかく、その形容の「よくいひおほせたる」点を推賞しました。ところが、芭蕉は「**いひおほせて何かある**」と切り返します。芭蕉はとくに、短詩型表現の本質が余韻・余情にあることを、しっかりと認識していました。こうした「余情」の重視は、当時流行していた漢詩入門の作法書――たとえば『詩法俚諺抄』などにも、「含蓄《がんちく》不尽《ふじん》ノ体」をよしとして、表面はさりげなく、内には情を含む詠み方が理想であると説かれていることですが、芭蕉はそうした用語に新たに生命を吹き込んで再生させているわけです。

「先師路上にて」という、いかにも臨場感ある状況設定によって語られるこの条で、去来は、発句というものの特質を、肝に銘じて教えられたと述懐しています。前節で扱った「つたの葉」の句についての元禄七年のエピソードを、すっかり忘れていたのに、元禄三年四月ごろのことと推定される「下臥に」の句についての芭蕉の教えに、強烈なインパクトを与えられたのは何故でしょうか。

また、「下臥に」の句が歌仙の発句であるのに、芭蕉がその入集をとくに問題にしたのは何故なのでしょうか。

ところで、発句とはもともと連歌・連句一巻の巻頭に配されるものでした。その連歌の付合《つけあい》の呼吸・運び方については、はやく心敬《しんけい》が『ささめごと』に「連歌はかならず上の句（長句）に言ひ残して下の句（短句）に言ひ果てさせ、下の句に言ひ残して、上の句に譲りて言はせ侍《はべ》」るものだと説いているとおりなのです。だから、まず発句では〝言ひ残す〟こと、〝いひ果てぬ〟ことが強く要求されるわけです。ちなみに其角は、「下臥に」の発句に〈犬も胡蝶も一日の友〉と脇を付けています。

6　青の時代

ピカソには〝青の時代〟がありました。一九〇〇年、パリに出たあとの作品には、貧困な母娘、人生のかげりを満身にみせるサーカスの芸人など、人間の孤独、傷心の姿が描かれました。すべてが青色を基調とした画面です。ピカソの画風はやがて深みのあるピンクを基調とした〝バラ色の時代〟に移り、晩年の大作「ゲルニカ」では、白と黒だけの静謐な色の世界にもとりくみました。

〝青〟は空の色であり、水の色でもありますが、どこか神秘性をたたえた色でもあります。メーテルリンクの〝青い鳥〟も、ノヴァーリスの〝青い花〟も、夢のなかで追いつづける非現実のものでした。またゲーテが「青はつねに何らかの暗さを伴っていて、寒冷の感情を与え、また陰翳《いんえい》を連想させる」(『色彩論』)と言ったように、青は不安の象徴となり、悲しみを誘発する色でもあります。〝青〟は激情を示す〝赤〟とは正反対の鎮静の色でもあり、そのせいか、昨今は〝赤いハンカチ〟よりもハンカチ王子の〝青いハンカチ〟のほうが人気のようです。

御命講《おめいこ》やあたまの青き新比丘尼　許六

この句について私は「中七文字を、このように無造作に言い捨てて表現するのはどんなものであろう。この中七を直せば、一句に〝じをり〟の情が出てくるのだろう」と評した。それに対して、作者の許六は「〝じをり〟というものは自然に出てくるものである。しいて求めて作り出すべきものではない。この「あたまの青き」という七文字があるからこそ、発句らしくなっているのだ。其角も、そのように評しているのである」と述べた。(同門評)

「御命講」というのは、日蓮の忌日に当たる十月十三日に法華宗の寺で催される法会《ほうえ》のことであります。その法会のざわめきのなかに、剃髪したばかりとみえる、青々とした頭の新しい尼僧の姿がまじっているという光景を詠んだ句でしょう。あえて出家の道をえらんだこの女性には、なにかよくよくの事情があったのではなかろうか――比丘尼の心情の哀れさも、にじみ出てくるようであります。

けれども、去来は中七「あたまの青き」の措辞が、あまりにも無造作に言い放たれたものであることを批判しています。去来はこれに先立つ元禄八年（一六九五）正月二十九日付の許六宛書簡でも、この新比丘尼は一朝一夕の想いで出家したわけではなかろう——幾度かの悔恨や悲しみの体験の果てに、やむなくこうした尼の姿になったのであろうから、もっとそうした哀れさの出るように、句作に工夫を加えたら、さらによい句になるだろうと書いています。後代の石河《いしこ》積翠《せきすい》の『去来抄評』にも、去来の意向に賛同して、たとえば〈御命講や侍連れて新比丘尼〉とでもすれば、身分の軽くない女性と想像されて哀れさが出るだろうなどと評しています。

それに対して作者の許六は、其角の意見を味方に加えて、「しをりは自然の事なり。求

許六（『俳人百家撰』嘉永８年）

めて作すべからず」と反論し、「あたまの青き」で十分な表現になっていると言うのです。許六側からみれば、詳細な叙述の許されない五・七・五の短詩型では、ことばの配し方や全体の句の姿――その形象化のうえで、尼僧の〝情〟を象徴的に表現するほかはないのだということであります。〝しをり〟とは、そうした表現法による〝情〟のとらえ方だというわけでしょう。

ところで、「しをり」というのは、その語源を「撓る」(たわめる)や「萎る」(しおれる)とみるか、「湿る」(しっとりとする)とみるかで対立していますが、どちらにしても、作者の内面にかかわるもので、一句の背後にしみじみとした哀憐の情が生じてくるような表現ということでしょう。『去来抄』の「修行」篇には、去来の言として「**しをりは憐《あは》れなる句にあらず**」とありますが、これは直接的な哀憐の情ではないことを強調しているので、哀憐の情に深くかかわるものであることは間違いありません。その証拠に、その「修行」篇で去来は「しをりは句の姿にあり」とも説いているのです。くり返しになりますが、要するに「しをり」とは、句の表現としての「姿」――そこにイメージ化されたもののなかから、余情として動いてくるような哀憐の情だと考えればよいでしょう。

「修行」篇ではまた、同じく許六の作である〈十団子《とをだご》も小粒になりぬ秋の風〉について、先師芭蕉が「この句、しをりあり」と評されたことが伝えられています。東海道宇津谷《うつのや》峠の名物で、杓子《しやくし》に十個ずつすくって出す団子ですが、折からのわびしい秋風のなかを今度来てみると、心なしかその団子が小粒になったように感じられるという句で、典型的な取合せによる作であります。

さて、問題の中七「あたまの青き」の表現としての達成度ですが、去来の評、許六の評とも微妙です。ただ、パリのピカソ美術館で見た〝青の時代〟の諸作に打ちのめされた体験のあるわたしという読者には、これだけでもう十分だとみえるのですが、いかがなものでしょうか。

7　白のイメージ

障子の白、白壁の白に象徴されるように、〝白〟は日本人の精神の色であったといえます。この〝白〟のイメージを、日本の詩人には珍しくポジティブに認知したのは、色彩詩人蕪村でありました。蕪村の〝白〟には清浄感・清爽感とともに気品の高さが感じられます。

肘《ひぢ》白き僧のかり寝《ね》や宵の春　　蕪　村
行く春や白き花見ゆ垣のひま
陽炎《かげろふ》や名もしらぬ虫の白き飛ぶ

ここでは春宵の闇のなかに浮かびあがる折りまげた肘の優艶《ゆうえん》な白さ、垣根に咲く卯の花の日ざしのなかの明るさを示す白さ、そして白い陽炎と白き虫との構成する白昼の春愁が浮かびあがってきますが、それに対して、芭蕉の〝白〟には、寒さ・冷たさ、またそれに伴うすさまじさ・わびしさ・悲しみのイメージが働いています。

葱《ねぶか》白く洗ひあげたる寒さかな　　芭蕉

独り尼藁屋《あまわらや》すげなし白躑躅《しろつつじ》

石山の石より白し秋の風

葱の白の寒さは、おのずと身にしみるような〝わび〟の心を導いてきますし、独りずまいの尼のすげなさと白つつじの冷たい感触との照応には寂寥感がありますし、那谷寺《なたでら》の白く曝《さ》れた岩山と秋風の白さとの配合は、『おくのほそ道』の旅の途次の曽良《そら》との離別の悲しみを象徴しているとさえ見えます。

野明《やめい》が「句のさびとは、どのようなものなのか」と質問してきた。私は「さびというものは、句全体の色合いに表れるものである。単に閑寂な句をいうのではない。たとえば、老人が勇ましく甲冑を身につけて戦場で働いたり、美しい錦繡《きんしゅう》の衣装に身を飾って宮中などの御宴に列席したりしたとしても、そこにはどことなく老いの姿がうかがわれるようなものである。さびというものは、華やかな内容の句にも、地味な内容の句にもあるものである。いま、一つの例句をあげよう。

花守や白きかしらをつき合《あ》はせ　去来

先師芭蕉は、この句について「さび色がよく表れていて、嬉しいことだ」と言われたのであった」と答えた。（修行）

野明の問いに対して去来はまず「さびは句の色なり」と言い切っています。つまり、「さび」という美的理念が一句の表現の「姿」に感じとれるということが、「さび」のある句だといえるわけでしょう。次に去来は「さび」は「閑寂なる句をいふにあらず」と説いています。一見、逆説的にもみえますが、それが題材とか内容の閑寂そのものをいうのではないということです。去来は許六《きょりく》との往復書簡『俳諧問答』のなかでも「さびと、さびしき句ハ異也《ことなり》」と断じていますが、これは、むしろ「さび」と「閑寂」とが深くかかわっていることを示しています。ただ、その「閑寂」の表し方として、閑寂を慕い、枯淡を愛《め》で興ずる詩心が、自然なかたちで、句の色合いとしてにじみ出てくることが大切なのです。去来はそうした点を甲冑姿の老武者や華やかな宴席に侍る老客の姿にたとえて説明し、「さび」は賑やかな内容の句にも静かな内容の句にもあるものだとして、去来自身の「花守や」の句を証句として掲げます。

「花守」は桜の花の番人、園丁であり、一句は美しく咲き乱れた桜花の下で、花守役の老夫婦が白髪頭を寄せ合って何か話し込んでいる情景を詠んでいます。謡曲『嵐山』の冒頭部で、桜の花に礼拝している老夫婦が「これはこの嵐山の花を守る夫婦の者にて候なり」と名乗る場面を面影《おもかげ》にしているのですが、そこにはまず、上五「花守や」によって白い桜花の華麗な情調が浮かびあがります。ところが、次の中七「白きかしらを」によって華麗なイメージが打ち消され、急速に沈静化されてゆきますが、その沈静ムードはあくまでも華麗さを基盤にしたもので、そこには再び華麗なものへと昇華してゆく力がこめられているのです。「白きかしら」にも、どこか艶なる姿があるわけです。

芭蕉の門人のなかで、最も「さび」を尊重したのは、たしかに去来でした。元禄八年（一六九五）正月二十九日付の許六宛の書簡では、去来自身の〈応々といへどたたくや雪の門《かど》〉を「さび」ある句として自賛しています。雪の夜の門の華麗な情趣のなかに、しんみりとした閑寂な風情が生じてくるところを評価してよいのでしょう。蕉門随一の論客である支考《しこう》なども、『続五論』のなかで、芭蕉の〈金屏《きんびやう》の松の古さや冬籠《ふゆごもり》〉の句について、金屏風のもつ温かみと、そこに描かれた古色蒼然とした松の色合――そうした屏風の立てられた座敷で閑雅に冬籠りする情趣を「風雅のさび」の神髄を示すものだと評しています。

中世の連歌師心敬は、歌の心を問われて「枯野《かれの》の薄《すすき》、有明《ありあけ》の月」と答えたそうです。芭蕉の「さび」とはやはり異趣のものでしょう。また、明治期の与謝野鉄幹の「人を恋ふる歌」は、「妻をめとらば才たけて」のうたい出しでよく知られていますが、第四節で、バイロン、ハイネに対比して「芭蕉のサビをよろこばず」と詠じているのは、いささか芭蕉の詩境を誤解しているようにも思えます。

8　闇の力、心のゆらぎ

光と闇、あるいは白と黒とでは、どちらがわたしたちの心の深層に迫り得るでしょうか——それはやはり闇の力、暗黒の厳粛さの方に軍配があがるでしょう。なにしろ、周囲が暗くなり、視界がさえぎられ、眼前の風景が朦朧としてくると、おのずと光に対する感受性が異常に高まり、全身に豊かなフィーリングが働くようになるわけです。

野明《やめい》が「句のしをり・細みとは、どのようなものなのか」と問うてきた。私は「しをりというのは憐《あわ》れな句そのものをいうわけではない。細みというのは繊細で弱々しい感じの句をいうわけではない。しをりは句の心におのずと表れるものである。これもまた例句をあげて説明しよう。

鳥共《とりども》も寝入って居るか余吾《よご》の海　　路《ろ》通《つう》

先師は「この句には細みがある」と評されたということである。また、

十団子《とおだご》も小粒《こつぶ》になりぬ秋の風　許《きょ》六《りく》

先師は「この句にはしをりがある」と評されたということである。一般に、さび・位《くらい》・細み・しをりについては、言葉や文章では十分に説明し難いものである。ただ、先師がそれについて批評を加えた句を示してみることしかできない。それ以上のことは、その証句から推察して理解してもらいたい」と答えた。　（修行）

ここでは、本章6節で扱った「しをり」と並べて「細み」についての説がみられますが、要するに「さび」も「しをり」も「細み」も、「言語筆頭」には言い尽し難いので、例証句から察するほかはないということであります。そして、「細み」については、路通が「余吾の海」で詠んだ句を示しているわけです。湖面をすっぽりと包みこんだ夜の闇のかなた、周囲は深閑として、もはや羽音一つ立てなくなった水鳥どもは、もう寝入ってしまったのであろうか、といった句意ですが、「寝入つて居るか」と水鳥に呼びかけてゆくところに、作者路通の繊細で微妙な心の働きが感じられましょう。「余吾の海」は琵琶湖の北にある、羽衣伝説で知られる小さな湖です。わたしもいつでしたか、冬の日の夕暮れにこの湖を訪れたことがありますが、折から驟雨に遭い、湖面の視界もすっかり消えた朦朧とした風景のなかに吸い込まれてしまうような体験をしました。忘れていた心の野性を取り戻しかけた一瞬でした。

さて去来はここでも「**細みはたよりなき句にあらず**」と逆説的に説いていますが、これはやはり「細み」が、どこかはかなく頼りない感覚のものであることを意味しています。対象に向かって、やさしく細やかに観入してゆく人の心の働きがあってはじめて、この句は生まれてきたのです。そうしたデリケートな「心」の働きが、おのずから反映して感じとれるわけです。そのことを去来は「**細みは句意にあり**」と言い切ってみせたのです。

日本の詩歌史を溯ってみますと、すでに中世の歌合《うたあわせ》の判詞に「心細し」という評語が出ています。鎌倉時代の歌学書『三体和歌』にも、秋冬では「ほそく、からび」たるものを理想としています。また二条良基《よしもと》の純正連歌でも「心」や「詞」の「細き」ことが目標とされました。「細し」とは「無骨」や「俗」とは反対の「心あり」とか「やさし」に通ずる理念でした。和歌連歌から独立した俳諧では、当然、優美繊細という伝統から離れて、日常的卑俗の方に目を向けてゆくわけですが、そうしたなかでもやはり、風雅の心を忘れずに、和歌的な「細し」の美意識を継承してゆく必要があったのです。それを芭蕉は「細み」ととらえたのでしょう。許六が、一見、師芭蕉の作風とは対照的にみえる其角の作風についての評価を問うたのに対し、芭蕉が「師（芭蕉）が風、閑寂を好んで細し。晋子《しんし》（其角）が風、伊達《だて》を好んで細し。この細き所、師が流《りゅう》や。ここに符合す」（『俳諧問答』）と答えたというのも、この点にありました。「閑寂」も「伊達」も、対象へ通わせる微妙な心の働きの点では共通しているというわけです。

ところで、「細み」が作者の「心」の働きにかかわるものだとしまして、その「心」とはいったい何か――現代科学では、「心」は「脳」の働きと結びつくものと考えられています。「心」は身体の一部としての「脳」が身体と相互作用しながら生じるものだとされています。神経学者の小島重さんによれば、「心は、動物の中枢神経系に創発する内的現象」だということになります。「内的現象」とは人間の「情」です。たしかに「心」という大和言葉はつねに「感情」と結びついたものでした。一般には、人間の「情」の働きのうち、怒りとか悲しみといった激しいものを「情動」、快・不快といった程度のものを「感情」として区別するのですが、アメリカの脳科学者アントニオ・ダマシオは、「身体」という劇場で演じられるのが「情動」で、「心」という劇場で演じられるのが「感情」だと定義しています。そうしてみると、「細み」とは「心」という劇場から生じてくる繊細微妙な感情《フィーリング》をさすことばだといえましょう。

9　鶯のイナバウアー

トリノオリンピックで金メダルをとった荒川静香さんの演技のなかで、見事に身をのけぞらせたイナバウアーが、とくに印象的でした。もともと四つ足だった人類が、背筋をのばして立って歩行することは自体が大変な進化を示すものですが、あの柔軟な背筋の反り返りには驚かされました。わたしはここ十数年来、越中八尾のおわら風の盆に通っていますが、あの女踊りの「しな」といわれる動きのなかにも、軽く胸を反らすしぐさがあります。男踊りが案山子をモデルとしているのに対し、女踊りは蛍を追う身ぶり手ぶりで形成されているので、手先が蛍に向かうのにつれて、身をやや斜めうしろにそらすことになるのだそうです。

鶯の身を逆《さかさま》に初音哉《はつねかな》　**其角**

鶯の岩にすがりて初音哉　**素行《そこう》**

この二句について私（去来）が思うに「其角の句は、春暖に乗じて、あちこちと飛びまわって鳴く鶯の姿である。しかし、そうした動きは晩春になってのことで、初春の幼い鶯には身を逆さまにするようなわざはできないはずである。だから、下五に「初音」と「初」の字があるのは納得できない。また素行の句は鳴く鶯の姿ではない。「岩にすがる」というのは、ある場合は何者かに襲われて岩に飛びついている姿であり、ある場合は餌を拾うときの姿か、そうでなければこちらからあちらへ飛び移ろうと岩を伝い道している姿であり、それ以外には考えられない。およそ、物を句に詠むときには、その物の本質というものを知る必要がある。それをわきまえないときは、素材の珍しさや詞の新しさに心を奪われて、その物とは別物になってしまう。心を奪われるのは、その物の新しさ、珍しさに執着してしまうからである。これを「本意を失う」というのである。其角のような句作の名人でも、ときにはこんな過ちをするものだ。ましてて初心者は、本意を失うことのないよう十分気をつけなければならない」と。（同門評）

「鶯」は一名「春告鳥《はるつげどり》」ともいわれます。「初春の心持第一也。春の便りと見る習ひ也」（『俳諧雅楽集』）「居て聞くこころ」（『俳諧千里独歩』）というように春の便りにその声を聞くのが、季題としての伝統的な鶯の「本意」です。ところが、ここでは二つの句とも、鶯の姿態を描写しながら「初音」を詠んでいるのです。其角の句は、春先、鶯が身をのけぞらした姿勢で初音を鳴いているさま、長崎の去来門素行の句は、鶯が岩にすがりついて初音を鳴いているさまです。これについて去来は「身を逆に」では晩春の頃の「乱鶯」のさまであり、「初音」の頃だとすると「幼鶯」なので、まだそんな芸当はできないはずで、鶯の実態にそぐわないし、また「岩にすがりて」はとうてい鶯の鳴くときの姿ではないと批判しています。去来は『旅寝論』では「鶯の身を逆にするは戯《たはぶれ》也。たはぶれ鶯は早春の気色にあらず。初音の鶯は身を逆にする風情なし」と述べており、これは頭の中に勝手に描いたものをよく考えもせず作った句ではないか、あるいは屏風などの絵を見て季節を配慮せず作ったものだろうと論じています。また素行の句については、やはり「是れ鶯の姿にあらず」と断定しています。後代の野坡《やば》系伝書『俳諧の心術』にも、この句は「絵などを見て」のもので「はつ音は手先にて取合せたる」ものだと評しています。けれども、許六は反対に「晋子（其角）が身をさかさまと見出したる眼《まなこ》こそ、天晴《あつぱれ》、近年の秀逸とやいはむ」（『篇突《へんつき》』）とこれを絶賛しているのですから、おもしろいのです。なお、両者とも鶯の「身を逆に」という姿態そのものは容認しているわけですが、鳥類図鑑などではっきりしないので、以前、山階鳥類研究所に問い合せましたところ、たしかにそうした身のこなしはあるとの話でした。

さて、去来の批評の根拠は「**凡《およ》そ、物を作するに、本性《ほんじやう》を知るべし。知らざる時は、珍物新詞に魂を奪はれて、外の事になれり**」という点でありました。「珍物新詞」に心を奪われると、「本意」を失ってしまうのだと説いています。「本性（情）」「本意」を大切にするとは、去来の考えでは、基本的に和歌・連歌以来の伝統的な「本意」を守るということですが、ここではとくに対象の本質的把握を句作の前提とするということです。芭蕉が「松の事は松に習へ、竹の事は竹に習へ」（『智《ち》周《しゅう》発句集』）と説いたのも同じでしょう。けれども一方では、俳諧という詩の表現では、ことばや題材の「新しみ」も決しておろそかにできません。芭蕉も「新しみは俳諧の花なり」（『三冊子』）と述べていますが、この「新しみ」を重視して、積極的に革新をはかろうとしたのが、其角の句を賛美した許六だったのです。〝季題の本意尊重派〟に対する〝実景実感尊重派〟とでもいいますか、そのいずれをとるかは現代の俳句に至るまで、古くて新しい課題でしょう。「鶯」のような伝統的な季題を扱う場合はとくに難しい問題です。芭蕉も、「うぐひすは仲々成りがたし」（『篇突』）と言って、生涯に鶯を主たる季題とした句は二句しか作っていないのです。

10　鐘の〝音〟を〝声〟に聞く

『おくのほそ道』のなかでは、恋の歌枕として知られた「末の松山」も今や墓原と化しているのを悲しみながら、やがて着いた塩釜の浦で「入相《いりあひ》の鐘」を聴く場面が印象的です。西欧の教会の鐘と同様、日本の寺の鐘の音も、昔は大きな存在感をもっていたわけですが、あの場面では、旅人芭蕉の心に「諸行無常」のひびきを伝えたのでしょう。

「鐘」は、古今東西を問わず、宗教・音楽・芸術などの各分野で重要な位置を占めてきました。劉小俊《りゅうしょうしゅん》さんの労作『古典和歌における鐘の研究』（風間書房）によりますと、日本ではとりわけ和歌の世界で多く詠まれており、『国歌大観』で検索すると、千首以上も数えられるそうです。

山寺の入相の鐘の声ごとにけふもくれぬと聞くぞかなしき　（『拾遺和歌集』）

これは勅撰集に入った最初の歌ですが、やはり寺の梵鐘《ぼんしょう》で、しかも「入相の鐘」であり、それも「近鐘」ではなく「遠鐘」であるところに、その典型的な詠み方が示されています。梵鐘は、芭蕉の〈花の雲鐘は上野か浅草か〉の句のように時刻を告げるというだけではなく、旅人の道しるべにもなったのであり、人々に無常を感じさせ、また現世の煩悩から解脱させるものでもありました。

夕ぐれは鐘をちからや寺の秋　風《ふう》国《こく》

この句は、はじめは晩鐘の音が寂しくはないという趣旨の句であった。句形は忘れてしまった。作者の風国は「近ごろ、山寺で晩鐘の音を聞いたが、いっこうに寂しく感じなかった。そこでこの句を作ったのである」と言った。私は「それでは興ざめな句である。山寺といい、秋の夕べといい、晩鐘といい、いずれも本来、この上なく寂しいものである。それなのに、たまたま紅葉狩《もみじがり》などで大勢で遊び騒いだりしているときに聞いて、寂しくないというのは、自分ひとりだけの感情にすぎない」と非難した。ところが、風国は「このとき、実際にこうした寂しくはないという感情を抱いたとしたら、どうなのだろうか。そうした感情が湧いていたとしても、それを句に詠んではいけないものなのか」と問い返してきた。私は「もし、そのような感情があったら、こんなふうに作ったらどうだろうか」と、今の句に直したのであった。もちろん、さほどすぐれた句とはいえないが、山寺・秋の夕・晩鐘を題材に詠んだこの句の伝統的な本来の詩情を失ってはいないだろう。（同門評）

「夕ぐれは」の句は、「高雄にて」と前書して〈入あひのかねをちからや寺の秋〉の句形で風国編『初蟬』に載っています。寂しい秋の夕暮れ時だが、寺の境内にいると、晩鐘の音も、なぜか自分を力づけてくれるように感じられるというのでしょう。石河積翠の『去来抄評』がいうように、初案はおそらく〈晩鐘の淋しくもなし寺の秋〉といったものだったとみられます。それにしても、どうして風国はそのように感じとったのか——元禄八、九年ごろ土芳《どほう》宛に書いたと推定される去来の書簡には「……風国申し候ふは、夕暮の鐘を近き辺にて聞き候へば、却《かえ》つてさびしからず候ふ。此《こ》の景色を句にいたしたく存じ候へども出来申さず候ふ」と、その理由を伝えています。遠くの寺の鐘ではなく近くで聞くゴーンとひびく鐘の音ではあったのです。それが、ここで「**是《これ》、殺風景《さつぷうけい》なり**」とか「**一己《いっこ》の私なり**」と去来に批判される破目になったわけで、去来書簡では「夕ぐれの鐘のやかましきやうに」作句をしたとしたら、「風流を失ひ申すべく候ふ」と断定しています。

けれども、作者風国からすれば、なんといってもこれはそのときの「実感」であり、「実情」でもあったのです。伝統的に固定化したイメージを排除して、自分自身の目や耳でとらえ、自分自身の心で受けとめたものを率直に表現していくというのは、蕉風では「俳諧の花」と呼ばれた「新しみ」の一つであり、十分尊重されていいものであったはずです。げんに許六《きょりく》などは、『篇突《へんつき》』（元禄十一年刊）という俳論書で、門下生の〈秋のくれ肥たる男通りけり〉の句について、さしたる秀句ではないが、俳諧の詩情のある句だと評しています。これは伝統的な雅趣あることばの「秋のくれ」に、日常的な俗のことばである「肥たる男」を取り合せた句なのです。

それに対して去来の立場は、とにかく伝統的な「本意」を失ってはならないことにあるので、改作の理由を、先の書簡にも「夕暮のさびしさを本意に立てて、却つて寺中の鐘を力にいたしたる風情」を表出するようにしたものだと説明しています。これは紹巴《じようは》の『連歌至宝抄《れんがしほうしよう》』に「秋の心、人により所により、賑はしき事も御入り候へども、野山の色もかはり、物淋しく哀《あはれ》なる体、秋の本意なり」と説くのを、そのまま基本にしています。そして「鐘」の「本意」については、後代の俳論書ですが、『俳諧千里独歩』に「声とはいへども、音とはいふまじきか」とありますように、単なる「音」ではなく、ことばをもった「声」なのでした。そういえば有名な『平家物語』の冒頭も、無常感を象徴した「祇園精舎の鐘の声」でした。

第三章

切れこそ句のいのち

支考（『俳人百家撰』嘉永８年）

1　イロニーは俳句の心

俳句の本質はなんであるか――この課題につきましては、〝第二芸術論〟という俳句批判が提起された太平洋戦争直後に、いくつかの成果がありました。その第一は山本健吉の「挨拶と滑稽」論、第二は尾形仂《つとむ》の「座」の文芸理論、そして第三が井本農一の「俳句イロニー説」です。

初蝶やわが三十の袖《そで》袂《たもと》　石田波郷

ここには人生三十歳という節目に達したという感慨があります。「ああ、もう春か、おや蝶が、何だこんな自分に、花でもないこんな自分のような男の袖袂に飛びまつわるとは」といった句意で、五十歳を越えようとしたときの伊藤左千夫の和歌〈鶏頭の紅《べに》ふりて来し秋の末やわれ四十九の年行かんとす〉のストレートな感慨とは対照的に、いかにも俳句らしいイロニーニッシュな対象のとらえ方だ、と井本農一は説いています。そこには去来の〈花守や白きかしらをつき合はせ〉と同じような「さび」があり、同時に「滑稽」が含まれているというのです。イロニーはソクラテス以来、人類がずっと好んで用いてきたもので、一ひねりしたところに真実を見出す表現手法であります。

私（去来）が考えるに、「俳諧は新しい情趣を詠むことを主とするものではあるが、物の「本情」というものをとり違えてはならない。もし、その「本情」というものを、うち返して反対の側から表現するとすれば、いろいろな方法がある。たとえば杜甫の詩「春望」の一節の〈時ニ感ジテハ花ニモ涙ヲ濺《そそ》ギ、別レヲ恨ンデハ鳥ニモ心ヲ驚カス〉とか、惟喬《これたか》親王の歌〈桜花散《さくらばな》らば散らなん散らずとてふるさと人の来ても見なくに〉（『古今集』巻二）といった類《たぐい》である。時世に感じては、本来美しいはずの花に涙を流したり、別れを恨んでは、本来楽しいはずの鳥の声に心を驚かしたり、また心待ちにしている「ふるさと人」がやって来て一緒に眺めてくれないのなら、いっそ桜の花など散ってしまったほうがよいと詠じたりしているところが、それぞれ作品の眼目になっているのである」と。（修行）

ここでは冒頭に「俳諧は新しき趣《おもむき》を専《もつぱ》らとすといへども、物の本情をたがふべからず」という命題がはっきりと示されています。つまり、「新しみ」と「本情（本意）」とのかかわり方であり、両者をともに生かして表現する方法として、「本情」を「うち返して」、イロニッシュに詠むことを、具体例で説いているわけです。まず杜甫の詩ですが、これは有名な安禄山の乱が起こって二年目の至徳二年（七五七）の春の作です。すでに都長安は陥落し、四十六歳だった杜甫自身も叛軍によって長安に軟禁されていたのですが、激しくゆれ動く世相のもとで、国難に翻弄され、妻子との音信も途絶えたまま、みずからの無力感に苦しんでいる杜甫の心境が刻まれているのです。そのために花や鳥に心を痛めざるを得ないのですが、ほんとうは春の花鳥のすばらしさを誰よりも称えたいはずなのです。また、文徳天皇の第一皇子惟喬親王の歌は、病いのため出家して閑居していた比叡山麓の小野の地から、京の僧正遍昭に送ったものです。歌意は結局、この美しい桜の花を自分ひとりで眺めても楽しくはない——一日も早く是非見に来てほしいというところに本音があるわけです。

杜甫の詩は〈国破レテ山河アリ、城春ニシテ草木深シ〉ではじまりますので、ここに出る「花」も「鳥」も詩題のとおり、春の花、春の鳥ですが、花の種類も鳥の種類も限定できません。けれども惟喬親王の歌では、和歌以来の伝統的な「桜花」が詠まれているわけで、その「花」の本意は『和歌題材抄』（南北朝初期成、延宝六年〔一六七八〕刊）に「春は花ゆゑにしづ心なき由をいひ、待つに心を尽し、散るに身を砕く。命にかへて惜しめども、とまらぬことを恨み」云々とあるとおりなのです。そして、こうした「花」の伝統は芭蕉にもしっかりと受けとめられてきており、芭蕉は季題として「花」や「桜」の句を最も多く八十六句も詠んでいます。ただ許六《きょりく》の『俳諧雅楽集』には「桜は派手風流にうき世めきたる心、花麗全盛と見るべし」とありますように、江戸時代の世相を反映した「桜」のとらえられ方も進んでいたかもしれません。

若手の研究者永田英理さんの論文によりますと、和歌伝統の「本意」という用語は、蕉風俳論では、しだいに「本情」という用語にとって代わられていったようです。それは対象となる物の固有の「本意」に、詠み手側の心の動きとしての「情」が重ねられてゆくようになったからです。しかも、題詠主義から、吟行を含めた実感実情主義へと転換の一歩を進めていた芭蕉は、その「本意」「本情」に新しい生命を吹き込んだり、拡充したりしてゆくだけでなく、これを「うち返して」表現する方法にも、「新しみ」の活路を見出していったのです。74ページでとりあげた〈夕ぐれは鐘をちからや寺の秋〉なども、まさに「鐘」の「本情」を「うち返して」詠んだ、イロニーの一句なのでした。

2　富士には月見草、馬には梨子の花

傾国の美女楊貴妃を馬嵬《ばかい》の地で馬前に失った玄宗皇帝が、なお忘れがたく、道教の修験者を使わして、海上の仙界にその魂を尋ねてゆく場面で、堂から降りてくる楊貴妃の姿を、白楽天は「長恨歌」のなかで、「玉容《ぎょくよう》、寂寞《せきばく》、涙欄干《なみだらんかん》／梨花一枝《りくわいっし》、春、雨を帯《お》ぶ」と描いています。宝玉のような白く美しい顔はいかにも寂しげで、涙をはらはらと流れ落としており、その様子はまるで春、雨に濡れている白い梨の花のようだというのです。ところが、この梨の花を、清少納言は『枕草子』のなかで「梨の花、世にすさまじきものにして」と評し、また「愛敬《あいぎやう》おくれたる人の顔」にたとえられるものとしています。なんとも興ざめのする可愛げのない花だとするのです。その白色五弁

の花はいかにも上品な情趣がありますが、中国とちがい日本では、和歌にもあまり詠まれず、不人気な花だったようです。

馬の耳すぼめて寒し梨子の花　支《し》考《こう》

私（去来）は「「馬の耳すぼめて寒し」とは自分でも着想することができる。しかし、これに「梨子の花」を取り合わせたのは絶妙であると思う」と言った。すると、支考は「いや、こうした取り合わせなど、なんの難しいことがありましょう。それよりも、あなたのように、上五字からすっと一筋に言い下して作るのこそ難しいことなのだ」と言い、論じ合った。これに対して曲翠《きょくすい》は「お二人は互いに自分の得意とするところをやさしいとし、不得意なところを難しいとしている。それぞれの説はどちらももっともである。だが、一般論として総括するなら、一筋に言い下して作るほうが難しいだろう」と評した。

そこで私は「曲翠よ、あなたもまた一筋に詠み下すのが不得意だから、そのように言われるのだ。いったい、修行というものは、自分の得意とするところをいっそう伸ばし、不得意なところを修練してゆけば、しだいに上達するものであろう。得意なところに安住して、不得意なところに気づかなければ、結局成功することはおぼつかないものだ」と意見を述べた。（同門評）

支考の句は、『笈《おい》日記』の挿話に「東路にて」の作とみえますので、元禄五年（一六九二）二月、江戸を出発して奥羽方面へ向かった折、北関東あたりでの吟でしょう。うすら寒い春の夕暮れ、一日の仕事を終えた馬が、耳をすぼめるようにして寒そうに通ってゆく――ふとみると、道端に白い梨の花が淋しげに咲いているという光景であります。曇天下の梨の花は雪のように白く、許六の『俳諧雅楽集』に、その本意を「底寒き心」としているように、ひんやりとした感触があり、それが疲れ気味の馬の寒そうな風情とみごとに取り合わせられています。「寒し」には多分に心理的なものも加わっていましょうが、作者の心象風景をも示すこの一語の働きによって、取り合わせた二つのものの「とりはやし」、すなわち〝統合〟と〝融合〟が成り立っているわけです。

太宰治の『富嶽百景』のなかに「富士には月見草がよく似合う」ということばが出てきます。バスにゆられて河口湖から御坂峠《みさかとうげ》の峠の茶屋に向かう途中、女車掌の口上に誘導されて、乗客たちが一せいに車窓から首を出して、富士山を眺め、嘆声を発しているのに対し、ひとりの老婆が路傍の一か所をゆびさして「おや、月見草」と一言つぶやく場面です。ちらりとその月見草を目にした太宰は、あの富士山と立派に相対峙《あいたいじ》し、すっくと立っていた月見草に感動して、このことばを発するのです。

現代の心理学でも、われわれが創造的に思考するということは、普通なら見落としてしまう現象に何か意味を見出したり、一見関連がないとみられるものの間に関連を見出すことだと説かれています。つまり、観察が思考につながるのです。ですから、こうした発見を、乾裕幸の「取合《とりあわ》せ論」に説かれるように、談林《だんりん》風の単なる〝雅〟と〝俗〟との取り合わせを継承したものとみなすのは誤りでしょう。芭蕉の取り合わせの句には、〈鶯や餅に糞する椽《えん》の先〉のような句ばかりでなく、〈菊の香や奈良には古き仏達〉のような句もあるのです。

さて、この章段では、去来が「馬の耳すぼめて寒し」という発想は誰でもできようが、「**梨の花と寄せらるる事、妙《めう》なり**」と感嘆するのに対して、作者の支考は、「**かしらより一すぢにいひ下《くだ》さんこそ難けれ**」と反論しています。取り合わせの句を得意とした門人は、なんといっても許六であり、支考の句にそれが多いとはいえませんが、去来には〈湖《みづうみ》の水まさりけり五月雨〉や〈うごくとも見えで畑うつ男かな〉など一筋の句が目立つのは事実です。去来の和歌的素養とかかわるものかもしれません。けれども、こうした句の発想のあり方の問題を、行司役を務めつつも支考サイドに傾いていった曲翠の評を受けて、去来が、得意・不得意の修行論として片付けてしまっているのは、いささか物足りません。何故なら、「取合せ」こそ蕉風作句法の極意とさえみられるからです。

3　イメージの連合、ことばの連合

五・七・五の形式をふまえた三行詩として、ドイツ俳句の自立に貢献した女流詩人イマ・フォン・ボードマースホーフ（一八九五〜一九八〇）に「一対の極」の説があります。

小川の氷が解ける
くっきりと澄んでいて　深みのなかから輝く
黄褐色に

この彼女自身の作品について、「氷の不透明さ」に対する「水の明澄さ」が、そこに内在する「一対の極」だととらえるのです。けれども、『現代ドイツ俳句　フランクフルト撰集』（一九八八年刊）の序文に編者の荒木忠男が主張するように、私たち日本人からすれば自明のことですが、「一対の極」の位相は、当然「解けゆく小川の氷」に対する水底に輝く「黄褐色の石」でありましょう。荒木はこれを「二様の世界の衝突」と称しています。ドイツ文学者坂西八郎らが一九七九年に編纂した『ヨーロッパ俳句撰集』「ドイツ語圏」に収められた芭蕉の句で示すなら、

朝茶のむ僧静《しづかなり》也菊の花　（『芭蕉《ばしょうだらい》盥』）

がその典型ということになります。人間のイメージの知覚のしかた、得られた情報の処理のしかたのプロセスには、「観察」→「視覚的アイディア（イメージ表象）」→「視覚的思考（イメージとイメージの連合）」の三段階があるといわれますが、その点でも、この句は典型的なものといえましょう。

先師（芭蕉）は「発句は、上の五文字から、すらすらと滞《とどこお》りなく言い下して仕立てるのが

最高の句である」と説かれた。洒堂《しやどう》も「先師から「発句はおまえのように素材（題材）と素材を二つ三つ取り合わせただけで作るものではない。黄金《こがね》を打ち延《の》ばしたように作らなければいけない」と教えられたことがある」と述べた。

また先師は「発句は素材と素材を取り合わせればできあがるものである。それをよく取り合わせたものを上手といい、わるく取り合わせたものを下手という」とも説かれた。許六も「発句は素材と素材とを取り合わせて作るものである。先師も「これほど作りやすい方法があるのを、人々は知らないでいる」と言われたことがある」と述べた。

私自身は「素材と素材を取り合わせて作るときは句が多くできるし、速やかに詠むこともできる。初心者はまずこの方法を考えてみるのがよい。けれども、上達したあとは、取り合わせるとか取り合わせないかとかの問題ではない」と考えている。（修行）

去来の結論は、この章段の前の章段に「先師は門人に教へ給ふに、あるいは大いに替《かは》りたる事あり」として、いわゆる芭蕉の「対機説法」の妙を示していることからみて、「取合せ」の手法も、「一物仕立て」の手法も、作者それぞれの個性に応じて併用されるべきものだということでしょう。だから、二つの手法は最終的には超越されるべきものだと主張するのです。

けれども、取り合わせに関する芭蕉の説の真意はいったいどこにあったのでしょうか。これを究明するためは、取り合わせについて誰よりも強い主張を展開していった許六の俳論などをも視野に入れて、断片的な芭蕉の言動の一つ一つを関連づけてゆく必要があります。そして、まっ先に問題になるのは「**発句は汝がごとく二つ三つ取り集めするものにあらず、こがねを打ちのべたるがごとくなるべし**」の教えです。

じつは去来が未定稿のまま残した『去来抄』を執筆する際に利用した前著『旅寝論』には、ここのところが「汝が発句、皆物二ツ三ツを取合せてのみ句を成す」云々となっていて微妙な差異があるのです。これらを総合すると、この部分は、(A)おまえの発句はどれも取り合わせの句ばかりだから駄目だ。(B)おまえはどれもただ取り合わせただけで終わっているから駄目だ、という二つの解釈が導かれるのです。じじつ「おまえ」すなわち洒堂の句には、〈鳩ふくや渋柿原の蕎麦畠〉とか、〈高土手に鶸《ひは》の鳴く日や雲ちぎれ〉といった素材を取り集めただけの作が目立つのですが、こうした作例から推察してみましても、芭蕉の教えは(B)のほうに重点があったとみられるのではないでしょうか。

また、このことを前提にして、芭蕉の「その能《よ》く取合するを上手といひ」ということばを吟味してみますと、芭蕉の真意は、素材を「取合せ」て、かつ「こがねを打ちのべたる」ようにした句を理想とする点にあったと思われます。そして、上手な取り合わせのためには、許六が『篇突《へんつき》』に師の説として紹介しているように、「二ツとり合せて、よくとりはやす」ことが大切なのです。「とりはやし」とは、よく感合させ、調和させることです。

取り合わせとは、単に赤と白のような感覚的な取り合わせをいうのではなく、淋しきものと淋しからぬものとのごとき心情的な取り合わせを基調としているのです。だから、「とりはやし」という主体的な統合作用が必要なのです。取り合わせ論は描写の方法を示すものではなく、思考の方法にかかわるものです。現代の認知科学では、思考とはイメージとイメージの連合、ことばとことばの連合から何かを創造することだとされていますが、一句の世界を創り上げるということも、そうしたことに違いありません。

4 異物衝撃——創造的モンタージュ

西欧において、最も早くから知られた日本の俳句は〈落花枝にかへるとみれば胡蝶哉《かな》〉（伝荒木田守武）であります。「落花」から「胡蝶」への瞬時の転換、その意外性のゆえでしょう。アメリカの詩人ケネス・コックスも、蓼太《りょうた》の〈ものいはず客と亭主と白菊と〉を翻案した三行詩〈みんな黙つてゐた／主人もお客も／白い菊も〉を例に、「ひとつだけ意外なものが入るように言葉を並べてごらんなさい」と、俳句の作り方のコツを説いています。

そして、今日の俳壇でも「取合せ」論——というより「二物衝撃」の論が盛んなようです。エイゼンシュタインの「モンタージュは衝撃である」ということばを適用した山口誓子の写生構成理論や、「関係のないものの間に関係を発見することが詩だ」と説いた西脇順三郎の『詩学』の説が強力に後押しをしています。けれども一方、〝二物衝撃〟論を説いた藤田湘子創刊の俳誌『鷹』二〇〇七年六月号の特集「飯島晴子の謎を解く」のなかで、新延拳《にいのべけん》は、晴子の取り合わせには「ストレートな二物衝撃による句は意外に多くない」「モノとモノ、コトとコトを、つなぐ言葉なしにストレートかつクリアーにぶつける」ような狭義の二物衝撃の句――たとえば〈ベトナム動乱キャベツ一望着々捲《ま》く〉のような句は少ないと指摘しています。

許六《きょりく》は「発句というものは、一つの中心となる題の範囲を飛び出して、その題から遠く離れたところに、これと取り合わせるもう一つの題材を求めて作るべきである。題の範囲内には新鮮な題材は求められないものである。たまたま自然なかたちで題の範囲内に題材が求められることがあったとしても、それはまさに自然のままにそうなったのであって、ごく稀にしかないことである」と主張した。

私（去来）が考えるには「発句で取り合わせる題材は、一句の中心となる題の範囲内に必ずしも探し出せないわけではない。とくにその場で心に感じたことをそのまま即座に詠んだ句の場合は、多くは中心となる題の範囲内にもう一つの題材があるものだ。しかし、平生句を案ずるときは、題の範囲内にある題材は少ないものだ。その多くは古人がすでに詠み古した糟《かす》なのである。それに対し、題の範囲から遠く離れたところに題材を求めて詠んだ場合は、句がたくさんできるだけでなく、趣向の類似を逃れることになる。蘭国の句はどの句も題の範囲内で着想して詠んでいる。そこでこのことを私が実例で示すとすれば〈電《いなづま》に徳利《とっくり》さげて通りけり〉の句を〈電や徳利さげて行きかかり〉と直すことになる。また〈明月にみな月代《さかやき》を剃《そ》りにけり〉の句を〈月代をみな剃り立てて駒迎《こまむか》へ〉と直したのである。こうした点を初心者は十分に考えてみる必要があろう。ただし、上達したあとでは、題の内外の論はもはや問題にならないことだ」と。（修行）

支考と並ぶ蕉門の卓越した論客であった許六は、徹底して「取合せ」の意外性を主張しています。「**発句は題の曲輪《くるわ》を飛び出《い》でて作すべし。廓《くるわ》の内にはなきものなり**」というのがそれで、「曲輪」とか「廓」というのは囲い、その領域内を意味します。許六は芭蕉に入門する前から『猿蓑《さるみの》』などの句集を熟読して自得した上で、芭蕉から取り合わせの手法の神髄を受け継いだのだと豪語し、同じ趣旨のことを「予が案じ様は、たとへば題を箱に入れ、其《そ》の箱の上に上《のぼ》りて、箱をふまへ立ちあがつて乾坤《けんこん》（大自然）を尋ぬる」（『自得発明弁』）のだと、独特な比喩で説明しています。この比喩は、伊藤仁斎が『語孟字義《ごもうじぎ》』のなかで天地自然を大きな匣《はこ》に寓しているのにならったものとみられますが、取り合わせる二つの物の間に厳しい断絶と飛躍が要求されるのであり、それこそが発想の新しみを生み出す手法であったのです。

そして、去来もまた大むね許六の説を受け入れようとしており、具体的に薗国の句を曲輪の内から外へ放つような添削を試みてもいます。添削後はそれぞれ、闇夜に稲妻が走った瞬間に、偶然酔人がふらふらと歩くさまが目に映ったという句に転じ、八月十五日、近江の逢坂の関まで、月代を剃り、威儀を正した役人たちが駒迎えの行事に出るという一風変わった趣向の観月の句になって、添削前のややありふれていて平板な句境を脱してきているわけでしょう。

さて、取り合わせの意外性に俳諧の新しみをめざした許六ではありましたが、なによりも重視したのは「とりはやす」ことの必要性でした。師芭蕉の教えとしても「二ッ取合せて、よくとりはやすを上手と云也《いふなり》」（『自得発明弁』）と記し、その「とりはやし」にも、芭蕉の〈青柳の泥にしだる汐干哉《しほひかな》〉の句のように、「汐干」と「青柳」の配合に「泥」という「とりはやす詞」を用いたケースと、同じく芭蕉の〈菊の香や奈良には古き仏達〉のように自然に情趣の通い合う「とりはやし」とがあるとも説いています。

また、伝書の『俳諧雅楽集』では、題は眼前の〝実《じつ》〟であっても、取り合わせ、とりはやされた句の世界は、もはや〝虚〟の世界のものだとも述べているのです。人間の脳の前頭連合野でおこなわれる、普通なら見逃してしまいそうな、直接関連のない二つの現象を結びつけてゆく思考の働きとは、そうしたものをいうのでしょう。

5 城門で其角、町木戸でも其角

芭蕉の高弟で、芭蕉から「草庵に桜・桃あり、門人に其角《きかく》・嵐雪《らんせつ》あり」と称えられた其角・嵐雪は、ともに若き日に遊蕩の日々を送っていました。

其角の〈闇の夜は吉原ばかり月夜哉〉の句は、廓内へ足を踏み入れた一瞬の実感でありましょうし、〈酒ノ瀑布《たき》冷麦《ひやむぎ》の九天ヨリ落《おつ》ルならん〉も、登楼の際に酩酊して二階へ上がろうとしたときの実感を、李白が「廬山の瀑布」を「銀河ノ九天ヨリ落ツル」さまに比喩したのに準《なぞら》え、さらに「銀河」を「冷麦」へと転じたものでありました。それぞれ蕩児其角の面目躍如とした句でもあります。

やがて俳歴を重ねた其角の作は、世に洒落風《しゃれふう》と称されますが、じつは其角の俳風には、一つには師風ゆずりの〝閑寂〟の風、二つには江戸っ子らしい〝伊達〟の風の二面性が備わっていたのであります。閑寂の句境を示すものには〈からびたる三井の仁王や冬木立〉〈あれ聞けと時雨《しぐれ》来る夜の鐘の声〉などがあり、古歌（定家）の世界に想いを馳せた〈蚊柱に夢の浮《うき》はしかかる也〉のような〝幻術〟の空間の句もあれば、漢詩によく詠まれた「哀猿《あいえん》ノ叫声《きょうせい》」に想をとった〈声かれて猿の歯白し岑《みね》の月〉のような句も目立っています。そして、もう一つは人情の機微を巧みにとらえた〈我が雪と思へば軽《かろ》し笠の上〉や酒に溺れる日々のうしろめたさを飄逸《ひょういつ》に詠んだ〈名月や居酒飲《いざけの》まんと頰《ほほ》かぶり〉のような伊達・寛闊にして洒脱の風でありました。

此木戸《このきど》や錠《ぢやう》のさされて冬の月　其角

『猿蓑』を編集していたとき、其角が江戸からこの句を書き送ってきて、「下五文字を「冬の月」「霜の月」のいずれにするべきか、置き迷っているのですが」と言ってきた。ところが、はじめは「此木戸」という文字がつまって書かれていたので、「柴戸《しばのと》」と読めたのであった。先師が言われるには「其角ほどの作者が、「冬の月」「霜の月」のいずれかに置き迷うような句ではない」とのことだったので、とりあえず、穏やかに「冬の月」と配して入集したのであった。

その後、大津からの先師の手紙に「あれは「柴戸」ではなく「此木戸」である。このようなすぐれた句は一句たりとも大切であるから、たとえすでに出板されていたとしても、すぐに改板すべきである」と記してあった。ところが凡兆は「「柴戸」「此木戸」、どちらにしても、それほどの優劣はない」と言うのである。だが、私は、「この「月」を隠者などの住まう草庵の「柴の戸」に取り合わせてみれば、ごくありふれた情景になってしまう。この「月」を城門に配してみますと、その風情にはしみじみとした趣があって、壮絶なまでの美しさがあり、言いようもない秀句になる。其角が「冬の月」「霜の月」を置きわずらったのももっともである」と反論した。（先師評）

この章段で、表面上、強烈なインパクトを打ち出しているのは、「かかる秀逸は一句も大切なれば、たとへ出板に及ぶとも、いそぎ改むべし」という芭蕉の厳正な撰集の態度であります。それは発句（俳句）という短詩型文芸では、一字たりとも誤りは許されないことを示すものでもあり、じじつ、今日伝わる『猿蓑』の板本には、「柴」の字を削りとって「こ乃木」と埋め木して訂正した跡が見えるのであります。けれども、それ以上に注目すべきなのは、「此木戸や」の句を秀逸な句と評した芭蕉の鑑賞眼であり、ひいては蕉風がめざしていた作風を真に理解することであります。

まず、作者自身が迷っていた「冬の月」か「霜の月」かの問題――これは初五が「此木戸」か「柴戸」かによっても左右される点でありますが、「霜の月」ですと、景物としての白い霜のイメージがかえって邪魔になるかもしれません。「冬の月」には青白く、寒々として、壮絶で透徹した美しさがあるわけです。次に一番問題の「柴戸《しばのと》」と「此木戸」ですが――やはり「柴戸」では隠者などの棲む瀟洒な草庵の庭の情景が浮かんできていかにも着想として類型的になってしまいます。芭蕉はどうやら元禄四年（一六九一）六、七月の大津滞在中に、其角からの手紙で、上五が「此木戸」すなわち城門であることを知ったらしいのですが、じつはこの句の成立事情については、其角門の出紫《しゅっし》が『亦深川《またふかがわ》』（宝永四年（一七〇七）刊）の序文で、冬夜、友人の立志《りっし》と一緒に、酔った其角が帰宅の途上、江戸城の外廓市谷《いちがや》見付の城門の前で吟じたものとしており、中七「錠のさされて」も古注に指摘するとおり、『平家物語』巻五「月見」の巻で、遷都した福原から荒廃した京の都の姉の邸に立ち寄った徳大寺実定が「惣門（正門）は錠のさされてさぶらふぞ。小門よりいらせ給へ」

と言われる場面をふまえているのであります。其角はその場面の切迫した雰囲気に空想を馳せながら、眼前にそびえる閉ざされた「城門」を「冬の月」に配したのでしょう。

　ところが、この「木戸」は城戸すなわち城門ではなく、江戸市中八百八町の町々の境に設けられた町木戸だとみる説もあるのです。深夜、亥の刻（十時）を過ぎて町木戸を閉鎖されてしまって帰れなくなった酔客其角の軽妙な慨嘆の吟だというのです。この方が粋人其角にふさわしいともみられます。柔道のやわらちゃんの名言「田村で金、谷でも金」（さらにはママでも金）に倣い、主客を逆にしていうなら、「城門で其角、町木戸でも其角」となるでしょう。

6　後世への贈り物——季語の発見

　芭蕉は、其角《きかく》の〈日の春をさすがに鶴の歩み哉《かな》〉を発句とした百韻連句の前半五十韻を批評した『初懐紙評註《はつかいしひょうちゅう》』のなかで、仙化《せんか》の付句《つけく》〈橋は小雨をもゆるかげろふ〉について「季のつかひやうは、かろくやすらかにしたる」ところがすばらしいと評しています。橋のあたりに小雨が煙っていて、さらに、うららかに陽炎《かげろう》が燃えているという、ゆったりした春景色に心を寄せているのです。芭蕉はやはり、日本の自然の美しさ、その季節感の豊かさを大切にした詩人でありました。

日本人の自然観について、森林学者の北村昌美さんは、『森林と日本人』（小学館）のなかで、日本の自然の美しさは、草木や虫・鳥の豊かさであり、それを四季の変化がいっそう拡大してゆくのだと述べています。そこには砂漠の風土に生きる者の眼とは違った、地表の一点に注がれる視点——つまり観察の眼が生じてくるのであり、それこそがまさに俳句の眼だということになります。ただし、北村さんによれば、日本人の自然観察には、中景への視線がなく、ほとんどが遠景に限られ、身近な庭園のような場合だけ近景が意識されたというのです。

魯町《ろちょう》が「「竹植うる日」は昔から季語として用いられているか」と質問してきた。私（去来）は「よくは知らない。先師の「降らずとも竹植《う》る日は蓑と笠」の句で、はじめて季語として用いられているのを見ました。昔からの季語でなくても、季語として適切なものがあれば、選んで用いてもよいと思う。先師も「新しい季語の一つでも捜《さが》し出したとしたら、後世によい贈物となるだろう」と言われたことがある。可南《かな》の「塩《しほ》かきの夜は声ちかしほととぎす」の句も、昔からの季語かどうか知らないが、五月三十日のことであったので、この句が出されたとき、「塩かき」を夏の季と定めて、季語として取り扱うように話し合いました」と答えた。（故実）

芭蕉の「竹植《う》る日」の句は、昔から竹を植える習わしのある五月十三日の竹酔日《ちくすいじつ》が梅雨期なので、蓑笠姿で竹を植える姿をよく見かけるもの——蓑と笠はそうした梅雨時の季感にも、竹のもつ雅趣にもぴったりだというのであります。だから、それまでは「季の詞」として扱われてこなかった「竹植る日」を、これからは「季の詞」として扱ってよいのではないかというのが、この章段の趣旨であります。じじつ、芭蕉追悼集『木がらし』などにも、そのことが容認されています。また、去来の妻可南の句の「塩かき」は、田を鋤《す》き起こし、水を入れ、田面《たのも》を掻きならすことをいう「代掻《しろか》き」の訛《なま》ったものですが、これも五月末のことなので夏の季語として扱ったというわけです。

芭蕉の季語に対する見解は、季語を尊重しながらも、なかなか幅広く、柔軟なものでありました。具体的には、①季語がなくても季になる句もある。②単に季語を題とするだけの題詠趣味はとらない。③無季の句もときには認める、といったところです。ここで「**季節の一つも探り出《いだ》したらんは、後世によき賜《たまもの》**」という芭蕉のことばは、要するに伝統的な季語を尊重しながらも、新しい季語を発見してゆくことが望ましいということです。いわば〝俳諧自由〟の精神に発するもので、じじつ芭蕉の時代以降、しだいに連句から発句（俳句）中心の流れが加速されてゆくのにつれて、季語はおびただしく増加してゆくわけです。

季語は、その数を増加させてゆくだけではなく、その季語の本来もつ意味をも変質させてゆきます。芭蕉の意図は、そうした新しい季語の本意の発見や拡充にも及んでゆくのです。芭蕉にとって、季語は単なる約束事ではないし、観念的なものでもありませんでした。現実に作者が実感したものを表現することと決して矛盾しないのです。たしかに日本の詩歌は、伝統的に題詠を基本として詠まれてきましたが、そこには同時に作者の実感・実情との激しいせめぎ合いもあったはずなのでした。つまり、季の題の〝本意〟を尊重しながらも、そこにはつねに〝新しみ〟への希求も生じてくるわけです。「鶯」は「時鳥」などとともに、伝統的な季の題でしたが、芭蕉はこれを〈鶯や餅に糞する椽《えん》の先〉と大胆に詠み替えたのでした。

蕉門の許六《きょりく》の伝書である『俳諧雅楽集《はいかいががくしゅう》』には、付録として「題の本意」の一覧が出ていますが、これを見ると、

蛙ハ　ものに及《およ》びがたき心　或《ある》ひは形をも云《い》ふ　声の淋しさ　夜分を専《もっぱ》らとす

桜ハ　派手風流にうき世めきたる心　花麗全盛と見るべし

といったように、伝統的な本意から逸脱するさまが十分にうかがえます。「蛙」は鳴き声だけでなく、姿・形に、「桜」ははかなくあわれなものではなく、浮世の華やかさに焦点が移っているわけです。

季語の自由な使い方という点では、先の「塩かき」の句もそうなりますが、一句のなかに季語を二つ用いることも自然な成り行きになります。〝季重《きがさ》なり〟を難ずるというのは明治期以降にはじまったことです。

7　季語でない季語——季感を演出する

日本の文化は、自然と人間との一体化のなかで育まれてきたものといわれます。花鳥風月の世界であり、和歌や俳句も、そのなかから生まれてきました。人間の見る風景には、眼前に現実として見る風景と、心の中に浮かんでくる風景とがありますが、文化は当然、心のなかの風景として成り立っています。いわば虚構の自然であり、虚構の風景でしょう。季語というものも、そうした虚構の自然から帰納されてきたものといえます。先にもあげた北村昌美さんの『森林と日本人』では、大岡信の『第七折々のうた』（岩波新書）に出る、

みちのくの伊達《だて》の郡《こほり》の春田《はるた》かな

という富安風生の句は、ただ福島県伊達郡（現・伊達市）の春の田んぼを叙述しただけのものに見えるけれども、そこに働く日本人の持つ共通の感覚が、一句に生命を与えることになるのだと説いています。「春田」ということばは、日本人には普遍性があって、それが季語という約束のもとで、強力なイメージを喚起させるわけです。つまり、わたしたちは、少し前の時代までは、そうした季

語という制度のなかで生きてゆく可能性を持って育まれてきたのであり、それこそが日本人にとって文化であったわけなのです。

許六は「「村雨《むらさめ》」という詞は季がない。ただし、特定の季の詞と取り合わせられる場合があり、それには昔からの習わしがある。その点で、『熊野《ゆや》』という謡曲に「なうなう、村雨のして花を散らし候ふ」と「村雨」と「桜の花」を取り合わせて出しているのは、歌道を知らぬ者の作である」と言った。それに対して私（去来）は「「村雨」はたしかに多く夏の初めや秋の半ばに詠むものであります。だが、歌人に聞くと、「村雨」は「月」にも「花」にも取り合わせるものだということである。あるいは春の末、夏の初め、遅桜などに取り合わせて詠むものでしょうか。ただし、まだその例証となる歌は見出せないのだが」と答えた。

あとになって、「村雨」が無季であるわけを考えてみると、「村雨」は「急雨」とも書いて、要するに風などにともなって急にさっと降り過ぎる雨なのだから、その風情をよくうつし得てさえいれば、いつと限ることはないのであろう。無季とされるのは、そうした理由によるのであろうか。（故実）

ここには、古来の法式・習わしに忠実であろうとする伝統派許六と、それを一歩進めて、何故「村雨」は無季なのかという原点に立ち返って、自在に考えようとする革新派去来との対立がみられます。まず、許六の見解は、すでに出版されていた『篇突《へんつき》』（元禄十一年刊）という俳論書に「村雨は無季にして、しかも其《そ》の季を結ぶに、習ひ・格式あり」と述べられているのと同じですが、そのあと謡《うたい》の文句についてのことは、多分去来との面談などで直接語ったものとみられます。謡曲『熊野』は平宗盛《たいらのむねもり》とその寵愛した熊野との物語ですが、宗盛は、郷里の老母の病を見舞おうとする熊野の願いを許さず、無理に東山清水寺への花見に連れ出します。観音に祈念したあと酒宴がはじまり、熊野が舞を舞う場面になります。折しも村雨が降ってきて花を散らすのですが、熊野が「なうなう俄《にわ》かに村雨のして、花の散り候ふはいかに」と呼びかけると、宗盛が「げにげに村雨のして花の散り候ふよ」と応ずるのです。そのとき、老母を案じて熊野が詠んだ歌に感動した宗盛は、結局、熊野に暇《ひま》を与えることになるわけです。そして、ここで「村雨」を満開の頃の「花」に配しているのは、連歌式目書『産衣《うぶぎぬ》』に「村雨は雑にありといへども、心得あり。四月初《はじめ》・中《なか》ころまでのやうに付《つけ》なして」とあるのとは、この「四月」はむろん陰暦ですから、たしかに少しずれることになります。

これに対して去来は、芭蕉も信奉したとされる『俳諧無言抄』の「急雨ハ三四月、七八月の間ニ有るやうに見え侍る也《なり》」の説に準じて考えながら、歌人の意見を紹介し、「村雨」は春の末、夏の初、遅桜の頃とし、さらにしばらく熟考した上で、一しきり降っては止み、止んでは降る「村雨」の風情を詠むことが肝心なので、季は限定すべきでないと反論します。去来は、すでに『旅寝論《たびねろん》』（元禄十二年成）のなかでも、夕立《ゆうだち》でもなく、時雨でもない「村雨」の風情のことを強調していたのでした。

冒頭にもふれましたが、日本人の文化は自然との一体感のなかで成長してきたものであり、日本人の自然観は、自然を人間の認識の対象とするのでなく、自然との一体感をもつことを大切にしてきました。けれども、ここでいわば無季の詞である「村雨」を、さまざまな季節の風物に配合させて、その風情を楽しもうとする姿勢からは、自然との一体感というより、自然を対象として眺めようとする、もう一つの自然観の発生が浮かび上がってきます。後代の伝書ですが、『俳諧道総伝』(文化二年〔一八〇五〕奥付)のなかには「四時の眺望《ながめ》」という一項が立てられ、季語を、その季節の背景となる風物との組み合わせとして位置づける解説が列挙されています。いくつか例示してみますと、

柳ハ　野中のかすみがくれ　またハ雨の中
桃ハ　日のななめなる比《ころ》
菊ハ　灯《ともしび》かかぐる折から

などとあり、いわば「写生」につながる花鳥諷詠の世界が示唆されています。もちろん、ここに扱う季題はすべて伝統的な縦題《たてだい》のみになっています。

8　切れこそ句のいのち

日本の古典演劇では「幕切れ」ということばがあります。西欧の演劇がクライマックスから徐々に終局に向かうのとは明らかに様相が違います。また野球では、ピッチャーの投げる球筋について、ストレートに〝切れ〟があるとかないとか評します。刀の「切れ味」の鋭さをいうことなどからの転用でしょうか。

大橋良介著『「切れ」の構造――日本美と現代世界』（中公叢書）では、日本文化を形成している〝切れ〟の美学について多面的な考察がなされています。たとえば「生け花」はまさに〝切る〟ことからはじまります。自然の〝生命〟が一旦断ち切られた上で、これを「生ける」ことで、新たな〝生命〟を復活させます。また、能舞台での演者のすり足による歩みが、その極限を示しているように、人間の〝歩み〟というものは、車のように地に接したまま連続的に進むのではなく、右足、左足を交互に出しながら、まさに〝切れ〟と〝つづき〟のうちに進んでゆくわけです。〝切れ〟があって〝つづき〟があるのです。

卯七《うしち》が「発句に切字を入れるのはどういうわけですか」と質問した。私（去来《きょらい》）は「それには理由がある。かつて先師が「おまえは切字のことを知っているか」と言われたことがあった。私は「伝授を受けていません。ただ自分なりに心得てはおります」と答えた。先師は「どのように心得ていますか」と問われた。私は「たとえば発句は一本の木のようなものである。どれほど小さくても、梢や根があります。それに対して、連句の付句は枝のようなものである。どれほど大きくても、完全に独立したものとはいえません。梢や根のある一本の木のような句は、切字のあるなしにかかわらず、発句のかたちになっています」と答えた。先師は「そのとおりだ。けれども、それだけでは、切字について漠然と理解しただけにとどまっている。これを機会に、このことを伝授しよう。ただし、切字のことは連歌でも俳諧でも深く秘伝としている。むやみに人に語ってはならない」と言われた。（以下略）」（故実）

短詩型文芸としての和歌や俳句では、〞切れ〟と〞つづき〟とが重要な構成要素となります。とくにわずか十七音の俳句では、豊かな内容を盛り込むために、一切の無駄を省いて、焦点をはっきりさせ、きっぱりと「切れ味」のある表現をしなければなりません。具体的には、一句の表現の流れを一旦休止させて句切れを作ることが有効になります。その句切れを作るためには「や」とか「かな」といった「切字」を用いることもあれば、とくに「切字」は用いなくても、意味上、〞切れ〟の働きを工夫することもできます。また〞切字〟を用いても、はっきりした〞切れ〟の働きをせずに、係り結びのように句末の留《とま》りにかかってゆくような機能が発揮される場合もあります。その微妙な「切字」の使い分けについては、師から門人への「口伝《くでん》」のかたちで伝授が行われていたようです。

さて、ここではまず去来が自らの見解として示している「発句は一本の木のごとし」という認識が大切になります。連句で続けてゆく付句（平句）とは異なる発句というものの独立性、完結性をたとえているわけです。土芳《どほう》の『三冊子《さんぞうし》』にも、「発句の姿」を整えるためには「切字」が必要であり、一句に〝切れ〟があることが絶対条件だと説いています。許六《きょりく》系の伝書『許六拾遺抄』などにも、「切字」とは一句の「節《ふし》」のようなものだと指摘しています。日本語学者の徳田政信さんの論考「俳句の切字と表現の流れ」（『文体論研究』16号）では、ことばの働きという面から、「切字」や〝切れ〟を分析して、「切れる」ということは、単独にそれを切りはなすことではなく、表現の流れとしての「つづき」を前提としているものだと説いています。また、その前提の上で、「切字」の機能を、

海暮れて|鴨の声ほのかに白し　（『野ざらし紀行』）

のような叙述の流れの中の〝屈折休止〟と、

草臥《くたびれ》て宿かる比《ころ》や|藤の花　（『猿蓑』）

のような心情的な波調の切れ目としての〝抑揚休止〟の二つにみています。

いずれにしても、芭蕉は「や」「かな」「けり」などの切字の使い方において卓越した伎倆を発揮していました。

閑《しづか》さや岩にしみ入る蟬の声　（『おくのほそ道』）

行く春を近江の人とをしみける　（『猿蓑』）

「閑さや」の句は、句中に切れのある例で、聴覚と視覚が複層的なイメージを創り上げて、まさに「一本の木」のような句構造になっています。「行く春を」の句は、句末に終結の切字を置いた構造ですが、この上五も、軽い切れを感じさせつつ、下五「をしみける」へ係り結びのようにかかっていきます。また「切字」のない〝切れ〟の例では、

まゆはきを俤にして紅粉《べに》の花　（『おくのほそ道』）

名月の花かと見へて棉畑《わたばたけ》　（『続猿蓑』）

など、中七の「て」、上五の「の」が十分に「切字」の役割を果たしているのであります。

9　切字の切れ、切字なき切れ、そして切れない切字

俳句と同じ十七音の文芸である川柳にも〝切れ〟があり、切字もあります。たしかに俳句は連句の発句の独立したもの、川柳はいわば付句《つけく》（平句《ひらく》）の独立したものという発生の経緯はありましたが、川柳が一句として独立したときから、もはや「枝」ではなく、しだいに「一本の木」に昇格していった面があるわけです。

もう十年ほど前になりますが、復本一郎さんの『俳句と川柳』（講談社現代新書）の、「切れ」があるのが俳句で、「切れ」がないのが川柳だという、大胆にして明快な〝切れ〟の論が俳壇で話題になり、俳句における〝切れ〟の大切さが再確認されたのは、わたしには、なんとなく怪我の功名であったように思われるのです。けれども、川柳界の一部では大変な反発がありました。この問題をテーマにした川柳学会にも参加しましたが、復本説に対する激しい批判が続出していました。ちなみに尾藤三柳監修・尾藤一泉編の『川柳総合大事典（用語編）』（雄山閣）をみましても、「切れ」や「切字」の項目はきちんと立てられてあります。

一句一章　磨くほかない一足の靴である＊　雀郎
二句一章　霧深し＊夫婦の思想寄り添えず　千代子
変格二段切れ　届かない愛＊人形の爪のびる　榴花
三段切れ　冬の蝶＊一羽舞い立つ＊訴状より　慶子

など、俳句とまったく同じように＊印のところに〝切れ〟があり、表現空間としての余情の効用が説かれています。

「いったい、先師から教えを受けたことは多いが、「秘密にせよ」と言われたのはこれだけであるから、その伝授されたことはしばらく公表することを差し控えさせていただきたい。その代わりに自分の考えを申しますと、第一に発句に切字を入れるのは句を切るためである。だから、おのずと切れのある句にはわざわざ切字を入れて切る必要はない。そこで、まだ句が切れているかいないかを理解していない作者のために、先輩の指導者たちが数を定めて切字をあげてきたのである。この定められた切字を入れれば、十に七、八は自然に句が切れるのである。残りの二、三は切字を入れても切れない句があり、逆に切字を入れなくても切れる句がある。そのために、あるいはこの「や」は「口合《くちあい》」の「や」だとしたり、この「し」は過去の「し」で切れないものとしたり、あるいはまたこれは三段切だとか、何切だとか名称をつけて伝授事《でんじゅごと》としたのである。

また、丈草《じょうそう》が切字について質問したことがあった。そのとき先師は「和歌は三十一字で切れ、発句は十七字で切れるものだ」と言われた。それを聞くと丈草はたちまち悟ったのであった。また、ある人が切字について質問したことがあった。すると先師は「切字に用いるときは、いろは四十八字はみな切字となる。切れるように用いなければ、どんな切字でも切字にならない」と言われた。これらはみな先師が「ここのところを自分で知れ」と、紙一重のところをお教えなさったのである」と私は答えた。（故実）

ここは、前節で引いた去来の答えの続きの部分ですが、芭蕉からの伝授は直接公開しないが、とことわった上で、去来の切字観が具体的に示されています。まず、基本的なことですが、発句は句を切ることが大切で、切字を入れる入れないの問題ではないとの指摘です。『三冊子』にも「切字なくても切るる句あり。その分別、切字の第一也」とみえます。

次に、連歌以来の伝書にも、切字十八字とか二十二字とか名目を立て、助詞の「かな」「や」、副詞の「いかに」、動詞の命令形「せ」とか「け」、形容詞の終止形「し」、助動詞の終止形「けり」などが「切字」にあげられていますが、これらは一応わかりやすく定めただけのものだと教えています。つまり、これらは一応の定めにすぎないので、切字を入れても切れるとは限らず、切字がなくても切れは成り立つということで、野坡《やば》の伝書『俳諧の心術』にも、この点を「切字を五つ入れたりとも、切れざる句は切れざる也。是等《これら》は蕉門の教への一なり」と説かれています。そこにはまた、いわゆる切字と普通のてにをはとの中間の働きをするもので、「押へ字」とか「抱《かか》へ字」と称される切れない切字もあるのです。〈何の木の花ともしらずにほひ哉〉のように上を押えて下《しも》をおこす働きをするのが「押へ字」であり、〈夕顔や秋は色々のふくべ哉〉のように、上に心をめぐらして下に詞を残すものが「抱へ字」であります。さらに、〈是《これ》やこの煤《すす》にそまらぬ古格子《ふるがうし》〉のようにただ口調を整えるだけの「口合」の「や」とか、「ありし」「入れし」のような過去の「き」の連体形で〝切れ〟の働きのないもの、〈目には青葉　山ほととぎす　初鰹〉のように名詞で切れる「三段切」などの例もあるわけです。

さて、『去来抄』「故実」の切字論の結論は、最後の芭蕉のことば、「**発句は十七字にて切るる**」と「**切字に用ふる時は、四十八字皆切字なり**」に示されています。芭蕉がよく発句の完結性を自覚していたこと、また実際のことばの働きとしての〝切る〟機能そのものを尊重していたことを意味しています。

近、現代の俳句でも、「切れ」の大切さは当然受け継がれてきました。とくに石田波郷のように徹底して切字を尊重した人もいました。

霜柱俳句は切字響きけり　　波　郷（『風切』）

の句には、そうした気持ちが凝縮して示されています。

第四章

猫の恋、人の恋

丈草（『夜半翁俳僊帳』明治27年）

1　丈草の真情、芭蕉の心情

和歌は抒情の詩、俳句は叙景の詩と大まかに規定しますが、芭蕉の句には案外ストレートに「情」を打ち出した句が多いのです。〈荒海や佐渡に横たふ天の河〉や〈夏草や兵どもが夢の跡《あと》〉が、「景（姿）」の中に「情」をこめた句であるのに対し、〈山路来て何やらゆかし菫草《すみれぐさ》〉や〈おもしろうてやがて悲しき鵜舟《うぶね》哉〉では、直接「情」を表すことばを用いています。そして、こうして自らの「感情」を示した句は、試算では芭蕉全句九百八十句中七十七句、そのうち「さびし」「かなし」「あはれなり」といった感情語の形容詞・形容動詞を用いたものが四十二句見出せます。感情語の配される位置は、上五に十一句、中七に二十六句、下五に五句と、圧倒的に中七に多く使われています。

現代の作句法をかなり支配しているとみられます秋元不死男の「俳句もの説」は、俳句は「こと」に対する「情」を表現する詩ではなく、「もの」そのものを表現して、その背後に余情としての「情」を表出すべきだという理論とみてよいでしょう。けれども、秋元が批判した芭蕉の〈さまざまのこと思ひ出す桜かな〉とか、支考《しこう》が絶賛した貞室の〈これはくとばかり花の吉野山〉のような句を抹殺してしまってよいものかどうか――このことはすでに高柳克弘も「秋元不死男『俳句もの説』

の再検証」（「俳句文学館紀要」14号）という論文で提言しています。

うづくまる薬罐《やくわん》の下《もと》のさむさ哉　丈《じょう》草《そう》

先師が難波の病床にあったとき、門下の人たちに「夜伽《よとぎ》」の句（夜を徹しての看病の句）を作るように勧めて、「今日からはもう私がこの世にいなくなってから作る句だと考えなさい。私に一字の相談もしてはならない」といわれた。そして、人々が作った句がいろいろたくさんありましたが、そのうちただこの一句だけをとりあげて「丈草よ、すばらしい句を作った」とおっしゃった。

こうした状況の下では、このような純粋な心が動くのであろう。特別な感興をめぐらしたり、何か景趣を探るといったような心の余裕などないものだということを、このとき私（去来）はつくづくと思い知らされました。（先師評）

元禄七年（一六九四）十月十一日夜、死の直前の病床にあった芭蕉が、馳《は》せ参じてきた門人たちに、夜伽の句を所望したときの丈草の吟が「うづくまる」の句でした。追善集『枯尾花《かれおばな》』には、中七が「薬の下の」とあり、これが正しい句形だとみられます。重い病状の師を案じながら薬を煎じる鍋の傍らで、身をかがめてうずくまっていると、初冬の寒さがひとしお身にしみることだ、というのです。

このときの他の門人たちの句は、去来の〈病中のあまりすゝるや冬ごもり〉、惟然《いぜん》の〈引張《ひっぱり》てふとんぞ寒き笑ひ声〉、支考の〈しかられて次の間《ま》へ出る寒さ哉〉、正秀《まさひで》の〈おもひ寄夜《よる》伽もしたし冬ごもり〉、木節《ぼくせつ》の〈鬮《くじ》とりて菜飯《なめし》たかする夜伽哉〉、乙州《おとくに》の〈皆子也《なり》みのむし寒く鳴尽《なきつく》す〉でありましたが、芭蕉は丈草の一句のみをとりあげて「丈草出来《でき》たり」と激賞したのでした。

「うづくまる」の句は、丈草自身を客観的に眺めながら、ありのままにとらえており、かえってそこに師を思う心と、自らのやるせない寂しさがにじみ出ているのです。丈草というひとりの存在を超えて、その場にいるすべての人に共通した「夜伽」の心の真実が出ているといえます。そして、逆に芭蕉は、そこに丈草の孤独な魂を見たのであり、そうした孤独な魂を自覚するに至った丈草の俳境を称揚したわけでしょう。後代の『くせ物語』という俳書にも「丈草は翁の風骨を得たり」と記しています。

同座していた去来には、ここでまず丈草の真情のすばらしさへの共感がありました。「かかる時は、かかる情こそ動かめ」という去来の言動には、「情」は「誠」とともに人の心の純粋なことをいうものだとする、当時流行の朱子学や宋学の思想を背景にした、意味深いものが含まれています。つまり、丈草の純粋な心情の吐露への共感であり、夜伽の感興を下手に小細工をしないで、真情をストレートに表出していることへの納得があったわけです。また、去来は同時に、この句を称賛した芭蕉の心中を想いやっても感動しているのです。その証拠に、『去来抄』に先立って書いた『旅寝《たびね》論《ろん》』には「その場を知るを肝要とす」という芭蕉のことばを引いており、丈草が没したときに書いた「丈草誄《じょうそうがるい》」という文章にも、その「場」の緊迫した雰囲気にじつにふさわしい句であったと回想しているのです。

一般に心理学では「感情」とは「気分」と「情動」の両方を含んだものをさすとされています。「気分」は「いい気分」とか「わるい気分」とか、強度は弱いけれども持続する感情の状態であり、「情動」は「気分」より強烈に覚醒されるものですが、短時間しか持続しないものです。丈草の一句は、「さむさ」という感覚に託した「気分」によって、いつ激しい「情動」として爆発するかわからないような「感情」をも表出している句だと評してよいでしょう。

2　猫の恋、人の恋

「感情」と「理性」とは、長らく西欧の哲学では相対立するものとみられてきました。「感情」や「情動」は、いわば人の心の影の部分にある、あいまいで無秩序なもの――いいかえると、人の動物的な部分を象徴するものとされ、人を人たらしめるものは、人間の「知性」や「理性」の働き――すなわち人の心の「認知」機能であるとされたのです。

けれども、現代の認知科学、心理学、脳科学では、人間の「情動」と「認知」とは相互補完的に働くもので、いたずらに「感情」や「情動」を「理性」や「知性」の下位に位置づけるのは誤まりであるとみられるようになってきています。すなわち、人の「心」のなかに何らかの「情動」が発生するとき、ほとんどの場合、それに先行して、何らかの事実について「認知」する活動が介在しているのであり、またいったん起こった「情動」は、そのあと「思考」や「記憶」といった各種の「認知」活動を導いてゆくわけで、純然とした「情動」も、純然とした「認知」もあり得ないことがわかってきたからです。

和歌の歴史では、『万葉集』の時代には「命に向かひ恋ふ」というような詠み方――つまり、ひたすら自分の恋の心情を表現する「正述心緒《せいじゅつしんしょ》」の詠み方が基本でした。それがやがて『古今集』では、人間の「認知」の力がしだいに強く働くようになり、冷静に「こころ」を詠むようになり、さらに『新古今集』になりますと、「こころ」と「ことば」の関係が厳密に追究されるようになって、「本意」とか「本情」といったものが大切にされるようになったのではないかとみられます。これは、山中桂一著『和歌の詩学』(大修館書店)の説くところを、私流に理解してアレンジしたものですが、じつはいつの時代でも、表現のスタイルは変わっても、「恋ふる心」こそが和歌的表現の基調でありました。

うらやましおもひ切時《きる》猫の恋　　越《えつ》人《じん》

先師が伊賀上野から、この句を送ってこられていわれるには「心にまことの詩心をもっている人は、いつか必ず一度は、こうしたすぐれた詩的感動を口に出して句に詠まないということはないものだ。あの越人の風雅の心は、この一句を詠むことで、はじめてその本来の資質を表わしたのだ」と。

これより以前から、越人の評判は、世間の隅々まで名高くなっていて、人々の推賞する発句も多い。けれども、先師は、この句に至ってはじめて越人が詩人としての本質的詩心を示したといわれたのである。（先師評）

越人の「うらやまし」の句は、和歌の伝統のなかでの「恋」の心のうたとは明らかに違い、俳諧らしい、俳句らしい屈折した「情」の表出法になっています。

解釈としては、(A)激しい猫の恋も、いったん思い切れば、ぴたりとあきらめがよい――連綿となかなか断ち切り難い人間の恋心からすると、まことに羨しいことだ、(B)あきらめ難い恋の情をやっとのことで思い切ろうと決意したが、折から戸外で、相手を求めて奔放に泣き叫ぶ猫の声を聞くと、なんとも羨しいことだ、の二通りが考えられますが、ここでは「おもひ切」の主体を人間ではなく猫とみた(A)がふさわしいでしょう。

といいますのは、この句には本歌として〈羨まし声も惜しまずのら猫の心のままに妻恋ふるかな〉（伝定家作、『北条五代記』。他に『類船集』には〈羨まし忍びもやらでのら猫の妻恋ひさけぶ春の夕暮〉）の歌があり、去来は浪化《ろうか》宛書簡のなかでも「おもひ切時をうらやみたるは越人が秀作と存じ奉り候《さうらふ》」と評し、この句がよく「本歌をせめ上げ」ているところがすばらしいとしているからです。つまり、本歌と同じく猫の恋の奔放さを羨しいとする(B)の解釈では、発想が変わらず、本歌を「せめ上げ」たことにならないわけです。これを逆に、激しい猫の恋も、さかりの恋の季節さえ過ぎれば、きっぱりと諦める――けれども人間にはそれができないというふうに一ひねりした(A)の解釈のほうが、ここで称揚されるのにふさわしいからなのです。

さて、ここでもう一つ注目されますのは、芭蕉が越人を「心に風雅あるもの、一度は口にいでずといふ事なし」と称賛している点です。それまでも越人の名声は高かったが、この句を詠むことで、その詩人としての資質が見届けられたというのです。

じつは、後代の安永四年（一七七五）に出版された『去来抄』には、このところが「心に俗情あるもの」と、大胆に越人をけなすように改ざんされていました。なるほど、「猫の恋」を羨むというのは、人間のなかの「俗情」の表われだとみることで一応は筋が通りますが、元禄四年（一六九一）三月九日付で芭蕉が去来に出した手紙にも「越人「猫」の句、驚き入り候。初めて彼が秀作承り候」と称揚している事実があるのですから、自筆稿本『去来抄』の本文に疑いの余地はないわけです。

人間の「情念」には、生後半年頃から現れる喜び、驚き、悲しみ、怒りといった一次的情動と、その後に生ずる感動とか共感とか羨望といった二次的情動とがありますが、和歌の抒情を一次的なものとすれば、俳句の情動は二次的なものが多いといえるかもしれません。

また、70ページにも引きましたが、世界的な脳科学者A・ダマシオは、〝身体〟という劇場で演じられるのが「情動」で、〝心〟という劇場で演じられるのが「感情」であると説いていますが、「うらやまし」の句の場合は、〝身体〟型、〝心〟型のいずれもが現れてくるのではないでしょうか。

3 「コト」と「コト」の比較

進化論的にみますと、「感情」とは、人間が危険を回避したり、克服したりするために必要な生理的な準備態勢に起源を発するもので、一種の〝適応システム〟だと考えられます。そこから生まれるのが喜び、悲しみ、恐怖、怒り、嫌悪、驚きなどの基本的感情であり、それが神経的な回路のなかで、さまざまな適応力を発揮しながら表われるわけです。人間の行動はすべて「緊張―弛緩《しかん》」のような生体の覚醒という概念で説明できますから、「感情」などという概念は不要だとする見解もありますし、そうでなくとも、前節でふれましたように、「感情」を「認知」や「理性」の下位に位置づけるとらえ方もあったわけです。しかし、今日では「感情」と「認知」は相互補完的に働くものだということが実証されてきています。

〝小説の神様〟といわれた志賀直哉は、その作品中にしばしば「快」「不快」とか、「気分」ということばを使った作家ですが、明治四十五年（一九一二）三月二十九日付の日記に「「感情から生まれた思想か、左《さ》もなければ考察から生まれた思想が、その人の感情となるまでは、それは其人《その》の思想ではない」こんな事を思った。感情と思想と全く離れたなりの人が多い」と記しています。つまり、「思想」は「感情」化されてはじめて、ほんとうの「思想」といえるということです。

盲《めくら》より唖《おし》のかはゆき月見《つきみ》哉《かな》　去来

近頃、ある連歌師が「花の本の連歌の宗匠の家で、この「盲より」の句が、評に上りました。そして俳諧にもこのようにしみじみとした「感情《かんせい》」のこもった句があるので、馬鹿にはできない」と話してくれた。

この話を聞いての作者としての私の感想は、「この句は今から十七、八年前の句である。そのころは、先師にもほめられ、世間でも評判になった句であった。ただ、この句は大変題材が新鮮で、感情が深くこもっている句ではあるけれど、句の品格という点を問題にするとすれば、はなはだ品位の劣る句である。今日では蕉門の連中たちは、とてもとてもこのような句境にはとどまっていない。だから、この句をほめられたと聞いて、かえって今日の連歌師は頼むに足りない人たちだと思ったのであります」といったところです。（同門評）

貞享三年（一六八六）の作とみられる去来の句（『続虚栗《みなしぐり》』所収）は、月見の席で、月を愛でて感動しながらも、それを口で表現することができず、身ぶりや表情で表わそうとしている唖者《あしゃ》の姿は、月を見ることのできない盲人よりも、いっそうふびんだというのです。其角《きかく》の句〈月出《いで》て座頭かたぶく涼み哉〉（『花摘』）のように、月見する盲人のあわれさを詠んだ句はそれまでにもありましたが、月見する唖者の悲しみを詠んだ句は、当時、題材として新しかったはずです。先師芭蕉も主にその点をほめたのでしょう。ただ、それは、着想の新しさというだけで、いささか理にはまっていて、詩趣豊かとはいえません。同じ「〜より」という比較表現の句でも、芭蕉の〈石山の石より白し秋の風〉や〈辛崎の松は花より朧にて〉がほとんど理屈を感じさせないのにくらべて、どうも観念的な発想になっています。

「比較」というものは、体言として表われる「モノ」（実体）と「モノ」との関係をいうのではなく、「モノ」と「サマ」（属性）との統一としての「コト」（事象）と「コト」との相対的関係をいうものであります。「今年は昨年よりあじさいの花が青い」という比較構造の文でいえば、今年の「あじさいの花」（モノ）が「青い」（サマ）という「コト」と、昨年の「あじさいの花」（モノ）が「青い」（サマ）という「コト」とが比較されているわけです。そして、その上で、これを認識する主体の判断が加わってゆくわけです。その「認識」と「判断」に重点がかかり過ぎますと、単に優劣の判断が働くだけで、機知的な理屈に陥ってしまいがちなのです。

ここで去来が連歌師の評を耳にして、この句は「十七、八年前」の作だと述べたのは、芭蕉没後十年ほどを経た元禄十六年（一七〇三）頃のことだったと推定されます。想い起こせば、芭蕉が晩年に力説した「かるみ」の作風では、ものの「姿」すなわち形象性の表出に重点を置いて、「情」

の直接的な吐露や、「理屈」を述べることを極力排斥していたわけです。去来がここで、こうした「感情」の句を評価した連歌師に反発して、自らを批判したのは当然なのでした。

「感情」という用語は、和歌では使われず、連歌の評に使われたものです。しみじみとした情趣、歌論の「あはれ」に近いものです。永田英理さんの「「感情」の歌学史」という論考によりますと、心敬《しんけい》は『ひとりごと』で「感情ふかし」、『ささめごと』でも「感情聞《きこ》ゆる様に作る」と評しています。そして芭蕉も、ちょうど「盲より」の句が詠まれた貞享三年に成った『初懐紙《はつかいし》評註《ひょうちゅう》』のなかで、「尤《もっとも》感情あり」とか「一句、感情少なからず」とか、連歌論と同じ意味で評しているのです。ところが、近世中期の俳論書になりますと、支考《しこう》の「姿先情後」説の「情」に当てはめて「感情」の語を用いたり、発句（俳句）の一体に「感情なる句」をあげて、芭蕉の〈酒のめばいとゞ寐《ね》られぬ夜の雪〉を証句としたりしています。ここではもはや連歌での用語とは異なり、「景」に対する「情」をさしているわけです。

4　他我意識と自我意識

わたしたちは日常、他者と互いに関係し合いながら、ともに生活しています。そうした人と人とのあいだには、あるときは幸福があり、また不幸があり、ときには喜劇が生じ、また悲劇が起きてきます。

そうしたなかで、自分にとって他人とは何であるのか——自分と他人とのあいだには根源的な断絶があると同時に、相互に通行する可能性もあるわけです。つまり自と他は決定的に別の存在でありながら、自が他に乗り移ってゆくこともあり得るし、他が自に入り込むこともあるのです。

鷲田清一さんの『分散する理性—現象学の視線』(勁草書房)や廣松渉・増山真緒子さんの『共同主観性の現象学』(世界書院)を読みますと、「他我認識論」とか「他我知覚」という耳慣れない用語が出てきますが、要するに現象学が扱うのは、他者という主体にわたしという主観がどのように「自己移入」するか、あるいは「類比推理」して入り込むかという問題であります。

玉祭《たままつり》うまれぬ先の父こひし　甘《かん》泉《せん》

この句について私(去来)は「あなたは生まれる前に父親を亡くされたのですか」と尋ねた。甘泉は「いえ、一昨年お葬式をしたところです」と答えた。そこで私は「それならば、この句は他人のことを詠んだ句ということになる。他人のことを自分のことのように詠むのは、あなたの句としてはおもしろくない。一般に発句を詠む場合には、句の着想としては無情、狂狷《きょうけん》(常規を逸すること)、聖賢、仏祖など、それぞれの人の境涯まで自由に想像してもよいだろう。

句の場面としては皇居や上皇の御所などのことを題材としてもよいだろう。あるいは人物として乞食や僧侶のことを扱ってもよいだろう。けれどもまた、一句そのものとしては、自分の一身上のこと以外のことをやたらに自分のことのように詠んではいけない。もし他人の身の上のことを自分のことのように詠むとすれば、わるくすると何かの禍《わざわい》を招くことにもなるだろう」と言った。（同門評）

陰暦七月十三日から十六日まで、祖先の霊を祀る魂祭の宵、精霊棚《しょうりょうだな》を拝しているとき、ふと自分が生まれる前、母親の懐妊中に早々と世を去っていた父親のことが恋しくてならなくなったという一句が、ここで問題にされています。

このまま意味をとれば、作者甘泉は生まれる前に父を亡くしていたことになります。しかし、去来の問いに対して甘泉は、まだ一昨年亡くしたばかりだと答えています。どうやら、甘泉の創作意図は足利兼政の古歌〈やみの夜に鳴かぬ烏の声きけば生れぬ先の父ぞ悲しき〉に基づき、ちょっと俳諧的な遊びを試みたもののようです。句体からして、去来ならずとも誤解されてもしかたがないところです。

そこで去来は、発句の詠み方として、こうした自・他混同した発想はよくないことを諭します。客観的な対象として詠むなら、題材はまったく自由で、どんなかたちで句作をしてもよいけれど、主観的に自分のことを詠む場合は、「**身上を出づべからず**」であり、やたらに虚構化して詠んではならないわけです。

むろん、俳句も文芸的創作ですから、そこに虚構化はつきものです。日本で生まれた〝私小説〟においても、主人公の〝私〟は、作品の芸術的真実を保証するがために、作家の実生活のなかで描かれたわけです。また叙事詩というスタイルでは、「自己」は、その叙事詩的文芸世界のなかに同化してしまいます。『おくのほそ道』を、理想としての風雅の世界を描いた一種の私小説だとする井本農一説なども、ここで想い起こされますが、俳句の虚構性をどのように位置づけ、評価するかには難しい点も多くありましょう。

近代のプロレタリア俳句運動では、言語という社会的性格と作者という個性的内面とのあいだの矛盾を、どう調和させてゆくかが課題になりましたが、「主観」を表現してゆく場合は、これに客観性をもたせて、〝人間の共通感情〟というものを考えてゆくべきではないかと、栗林一石路《いっせきろ》などは主張しました。その一石路には、昭和二年（一九二七）の作で、

屋根屋根の夕焼くるあすも仕事がない

という句があります。これなどは作者の「自」によって労働者の「他」の感情が詠まれていることになりましょう。

さて、もう一つ、甘泉の句では、虚構の発想であるにもかかわらず、「父こひし」というストレートな感情表現が目につきます。和歌の歴史では、『万葉集』から『新古今集』へと、その叙情する

主体と風景という客体とが、しだいに同一化され、融合化されてゆきました。〈春雨のそぼふる空のをやみせず落つる涙にはなぞ散りける〉（『新古今集』）など、「涙」と「雨」とが微妙な均衡を保っています。

それに対して、発句や俳句の世界では、やはり主観と客観とが区別されてゆく傾向がありましたが、それでも、「モノ」と「コト」、「認知」と「感情」との相互補完の関係は重要なキーをなしてきました。昭和の新興俳句の旗手水原秋桜子においても、作者の心に働く「感情」の表出は忘れられていませんでした。硬質の写生構成の句をめざした山口誓子にも〈悲しさの極みに誰か枯木折る〉といった句があったのです。

5　和歌は優美、俳諧は自由

NHK・BS俳句大会での金子兜太対稲畑汀子のバトルはよく知られていましたが、その兜太さんがまだ五十代前半の頃、昭和四十六年（一九七一）五月の俳文学会東京例会（成城大学）で「最近の関心事」と題して講演をされました。そして、その結びで「自分こそ現代の芭蕉だ」と言い放たれたのが、強烈な印象を残しました（のちには〝現代の一茶〟だとも言われていたと思います）。そのことを、当時、同じ職場だった森澄雄さんに伝えましたら、「いや、現代の芭蕉は、わしじゃ」と即座に反論されたのを記憶しています。兜太さんも森さんも、自分こそが現代俳句革新の旗手だと自負していたのでしょう。

芭蕉は、たしかに俳諧の革新者でありました。まず〈鶯や餅に糞する椽《えん》の先〉の句のように、漢詩・和歌・連歌では扱わなかった〝俗〟なる対象をも〝詩〟として昇華していったこと、題詠中心だった日本の詩歌史に積極的に〝吟行〟を導入して「実景実情」を写実風に詠むスタイルを確立したこと、そのことからまた、新しい季語の本意の発見につとめたことなど、数えあげれば、きりがありません。

猪《ゐのしし》のねに行くかたや明《あけ》の月　去来

この句について先師の意見をうかがったとき、先師はしばらく句を口ずさみながら、とくに何《な》んとも言われなかった。私（去来）は考え違いをして、先師ほどの方でも、獣たちが夜明け方、里から山の中へ帰るのを待ち伏せして射《い》とめる〝夜興引《よこひき》〟の様子をご存じないのかと思い、〝夜興引〟のことをあれこれ説明申し上げた。すると先師は「その夜興引が趣深いものだということは昔の人もよく知っていたので、「明けぬとて野辺より山に入る鹿の跡《あと》吹きおくる萩の下風」（左衛門督通光《さえもんのかみみちてる》、『新古今集』）などと詠んでいる。〝優美〟に詠むのを主眼とする和歌でさえ、このように趣向を工夫して作っているのに、〝自由〟な表現を生命とする俳諧において、おまえのようにただありきたりの〝景趣〟を詠むだけでは、作者の手柄はどこにもないであろう。この句にはおもしろい点もあるので、しばらく手を入れることを考えてみたが、これ以上どうにもならないだろう」と言われた。

その後になって考えてみたが、この句は「時鳥《ほととぎす》鳴きつる方をながむればただ有明の月ぞ残れる」(『千載集』)という後徳大寺の和歌と同じ趣向の句で、いよいよ手柄のない句であることを悟ったのであった。　　(先師評)

ここでは、なんといっても「**和歌優美の上にさへ、かくまでかけり作したるを、俳諧自由の上に、ただ尋常の気色《けしき》を作せんは**」という芭蕉の確信に充ちた発言が注目されます。革新派芭蕉に、いかにもふさわしい言葉です。

「夜興引」とは、冬の夜、猟師が犬を引いて山へ入り、獣を狩ることをいいますが、ここは、もう夜明け方で、それまで里近くで餌をあさっていた猪が、そろそろ臥処《ふしど》をさして山へ帰ってゆく――そこを待ち伏せて射とめようとしているところで、ふと空を仰ぐと猪の帰る方向には、まだ有明の月が残っているという景趣を詠んだものです。

ところが芭蕉は、「明けぬとて」の古歌を引いて、この歌が単に鹿が山へ帰ってゆく景色を詠んだだけでなく、折からの朝風に萩の枝がなびいている風情《ふぜい》を配するという趣向を工夫している点を指摘して、俳諧ならばもっと斬新な構想の句が作れるはずだと批判したのでした。

和歌にすでに詠まれている題材で句を作る場合、その古歌の趣向を、その「景」も「情」も、いっそう「せめ上げて」詠む――つまり、その趣向を変質させてもう一つ新たな着想を加えて作ることが大切だというのです。去来としては、「山へ入る鹿」をとらえている古歌に対し、これを「ねに行く猪」の風情に見替えて詠んだ点で自ら納得していたのでしょうが、その程度では、なんの「手柄」もないというわけです。去来自身も、やがてこれに気付いて、『百人一首』にもある「時鳥鳴きつるかた」の歌と同趣向の句だったと反省したのでして、のちに浪化《ろうか》宛の書簡にも「すべて古歌など取らんには、一しほ風情も情もせめ上げ申したき事に存じ奉り候」と書き送っています。

去来は「修行」篇で、句の案じ方には二つの方法があると説いています。一つは「趣向」すなわち全体的な構想を立てて作るやり方、もう一つは「詞《ことば》」や「道具（素材・題材）」から案じてゆく方法だというのです。そして、「俳諧自由」の立場から、新しみを欠いた陳腐な趣向の立て方を排撃していますす。定家・西行以来の伝統を尊重した芭蕉ですが、一方では大胆に革新をめざしたのです。

また、「同門評」に出ているのですが、「詞」「道具」に関して、歌学では圧倒的に「野《の》の菫《すみれ》」を詠んできた伝統に対して、芭蕉は〈山路《やまじ》きて何やらゆかし菫草《すみれぐさ》〉と「山の菫」を詠んで新境地を開いています。「俳諧自由」は当然、用語・題材・手法の上にも発揮されなければならなかったわけです。もちろん用語や題材の点では、芭蕉以前の貞門《ていもん》・談林《だんりん》の俳諧でも、「自由」の獲得はなされていたのですが、土芳《どほう》などは『三冊子《さんぞうし》』のなかで「中頃、難波の梅翁《ばいをう》（宗因）、自由をふるひて世上《せじやう》にひろしといへども、中分《ちゆうぶん》以下にして、いまだ詞を以《もつ》てかしこき名なり」――つまり、宗因の力量とても中以下であって、言葉づかいの巧みさだけの自由に過ぎなかったと批判しているのです。

近代の和歌史は、子規や啄木らの革新を経て、今日では俵万智や穂村弘の短歌などが軸となり、「和歌優美」ならぬ「和歌自由」の世界を切りひらいて、若者たちにも支持を得ているようです。それに対して、現代の俳句は、「俳諧自由」の精神と今後どう取り組んでゆくべきなのでしょうか。

6 「俳言」から「俳意」へ――蕉風の笑い

『人間は笑う葦《あし》である』という題名の本を、土屋賢一さんが出しています。「考える」ことばかりでなく、「笑う」ことも人間の特権です。西欧では、人間は何故笑うのかを論じた〝笑い〟の理論として、「卑俗化、もしくは優越」の理論（アリストテレス、ホッブス）、「不調和、コントラスト」の理論（カント、ショーペンハウエル）、「社会的不適応」の理論（ベルクソン）など、さまざまなものが華やかに提唱されてきました。また、「笑い」の種類・性質についても、「ウイット」（人を刺す笑い)、「コミック」(哄笑・爆笑)、「ユーモア」(人を救う笑い)、「アイロニー」(諷刺の笑い)などが分類されています。江戸時代の「洒落《しゃれ》」の笑いなどは、広義のユーモアでしょうし、一茶の「自嘲の笑い」などはアイロニーに属するかとみられます。では、〝芭蕉俳諧〟の笑いとはどんなものでしょうか。

夕涼み疝気《せんき》おこしてかへりけり　去来

私(去来)が、まだ俳諧の初心者だった頃、発句の作り方についてお尋ねしたところ、先師は「発句というものは、表現のしかたが明快で、俳諧独自の詩趣がはっきり表れるように作るべきだ」と言われた。そこで試みにこの句を作ってお見せしたところ、「私が言っているのは、こんなものではない」と明るく大笑いされました。(先師評)

去来の句は、どこかの家で夕涼みしていたところ、突然、腹痛が起きてしまい、あわてて帰宅するはめになってしまった、という句意です。「疝気」は漢方でおなかの周辺の痛みを言いますが、「夕涼み」の風趣に、意表をついて卑俗な「疝気」を配したところに、おかしみがあり、そこに「俳意」をこめているのでしょう。けれども、芭蕉はまったく認めませんでした。それは何故か――もちろん、芭蕉のめざす「俳意」とは異なるからでありましょう。

現代俳句でも、「俳意」「俳味」は、和歌や詩にはない俳句独特のものとして、よく吟味されます。「俳意」の「俳」は「俳諧」をさしますから、その「俳諧」が滑稽を意味するとすれば、「俳意」は必然的に、おかしみ・笑いの表出につながります。ところが、その「笑い」が問題なのです。

俳諧の歴史の出発点の貞門では、たとえば「疝気」のような「俳言」（俗語）を用いることがそのまま「俳意」になりましたし、そのあとの談林では、さまざまな言語遊戯による言葉の洒落による笑い、あるいは「見立て」（比喩）や「擬人化」による笑いが「俳意」になりました。蕉風でも、『去来抄』の「同門評」には、

駒買《こまか》ひに出迎ふ野べの薄《すすき》かな　野明

の句について、「俳意」のある句だと、去来らが推賞していますが、この句の「俳意」とは、馬市にやってくる人たちを「ようこそ」と歓迎して出迎えるかのように、秋野の薄が風になびいているとみた点にあるのですから、「笑い」の方法としては「擬人化」によるものでしょう。ただ、その「薄」の擬人化が、いかにも秋の馬市の風情にマッチしているとはいえましょう。

それに対して、去来の「夕涼み」の句では、「疝気」という題材の着想は珍しいのですが、それを使うことによって、新しい「夕涼み」の情趣が少しも出てこないのが難点だということになります。

芭蕉流の「俳諧」では、「俳言」は一句の文体のなかに解消されていきました。「俳意」はおのずと文体のうちに生じてくるものでなければなりませんでした。許六《きょりく》の『俳諧雅楽集』は「取合《とりあは》せ」の手法を中心に論じていますが、

雑水《ざふすい》に琵琶《びは》きく軒の丸雪《あられ》哉《かな》　芭蕉

の句をあげて、「雑水」（雑炊）という賤しいものと、「琵琶」という優雅なものを続けたところに当流の詠み方の特色があるのだとしつつも、他流では「雑水」という言葉を「俳言」と規定して用いるが、当流では「俳言」とはいわず、「只《ただ》句の上に」俳諧のあるかないかが問題なのだと明快に論じています。この〝句の上の俳諧〟こそが蕉風の俳諧性、すなわち滑稽性なのであり、この点を、土芳も『三冊子』のなかで「師の俳諧は、名は昔の名にして、昔の俳諧にあらず、誠の俳諧なり」と評しているのです。

〝俳諧〟とは、たしかに〝滑稽〟につながるものですが、その〝滑稽〟は、蕉風にあっては、単なる〝戯笑〟ではなく、深い人生への洞察に基づく〝微苦笑〟であったとみられます。芭蕉晩年の「かるみ」の風では、さらに詩の領域が広がって、それは日常の身辺から発せられるものになってゆきました。そこでは、対象をみる人の心の余裕がもたらす、俳諧的な観察眼が〝笑い〟を生んでいったのです。〈初時雨猿も小蓑をほしげなり〉とか〈鞍壺《くらつぼ》に小坊主《こばうず》のるや大根引《だいこひき》〉など、芭蕉の句には、そうした意味で「俳味」のある句がたくさんあるのです。

7 仮想と現実との出会い

洛北、叡山電鉄の貴船口の駅から、貴船神社へ向かって、川沿いすぐのところに「蛍岩」があります。和泉式部が、夫の心変わりに悩んで、貴船に詣でる途中で「物思へば沢の蛍も我が身よりあくがれ出づる魂《たま》かとぞみる」と詠んだところと伝えられています。

「蛍」を見て、みずからの身から飛び出した、悩める「魂」が飛んでいるのだと眺めるのは、明らかに「仮想」です。でも、この「仮想」は、人間の想像力が、おのれの心を映し出したもので、たしかな「現実」だともいえましょう。

黛まどかさんと共著で『俳句脳——発想、ひらめき、美意識』(角川書店)という本を出版した脳科学者の茂木健一郎さんは、なかなかの文学通の方ですが、その著『脳と仮想』(新潮文庫)のなかで、小林秀雄が母の死後数日して、夕暮れ時に自宅前の小川で見た「蛍」を「おっかさんの魂」だと確信したという話を例にして、こうした「仮想」と「現実」とのマッチングのありさまを説いています。そして「脳の中に用意された仮想の世界の奥深さによって、現実を認識するコンテクストの豊かさが決まる」のだと言い切っています。

これと同じようなことは、たとえば坂井克之さんの『心の脳科学』(中央公論新社)でも、わたしたちが認識する「もの」は、「その「もの」自体によって規定されているのではなく、その「もの」が何であるかを認識する主観によって左右されている」のだとして、「見ている映像の中に顔なんか存在しなくても、顔があると思えば顔領域が活動」するのであり、「目を閉じて顔を想像しても、顔領域は活動」するものだと説明しています。

私(去来)が考えるに「「俳諧は火をも水にいひなす」と藤原清輔《きよすけ》が『奥儀抄《おうぎしょう》』に述べているのに迷って「雪の降る日は汗をかきけり」といった表現をしても構わないと言った人がいたが、それは火を水にするような表現だけを考えて、「いひなす」というところに気をつかっていないためである。もちろん、雪の降る寒い日であっても、いかにも汗をかくように、一句を巧みに言いなして表現すれば、そういう表現も成り立つであろう。「咲きかへて盛り久しき朝顔を仇《あだ》なる花と誰かいひけん」のようなたぐいの表現である」。(修行)

たしかに清輔の『奥儀抄』には、「俳諧」というものは「わざごと」を詠むもので、「滑稽」こそがその生命であるとして、「その趣、弁舌利口《べんぜつりこう》にあるものの言語の如《ごと》し。火をも水にいひなすなり」と述べられています。「弁舌利口」とは、機知的で巧みな言い方をいうのでしょう。『去来抄』に引かれた「咲きかへて」の歌なども、次々と咲き替わりつつ咲き続ける朝顔の花を、はかない花などと誰が言ったのであろうか、といった歌意であり、本来ははかなく散ってしまう朝顔の花ではあっても、それをあえて否定するかのように表現している――つまり、巧みに「虚」を「実」に「いひなす」ことに成功した例でしょう。

こうした「虚」を「実」に表現することについては、江戸時代中期の俳論書『うやむやのせき』では、俳諧には「上手の虚」が必要であるとして

虚　糸切《きれ》て雲となりけり鳳巾《いかのぼり》

実　糸切て雲より落つる鳳巾

正　糸切て雲ともならず鳳巾

といった作例を示して、「虚」と「実」の句は「非」であり、「正」とした「雲ともならず」の句こそ、「虚・実の間にあそぶ」ところの秀れた表現なのだとしています。

蕉風の発句（俳句）の句構造の神髄は「取合せ」にあるとした許六《きょりく》なども、そうした「取合せ」による「虚実融合」のあり方を説いて、たとえば田舎家の情景を詠む場合、「臼《うす》に麦を入れたる」さまだと、「実」そのものの尋常の情景で少しもおもしろくないが、「臼に芋を入れたる」情景なら、いかにも俳諧らしい「虚」の働きが感じられ、それがそのまま蕉風の「さび」「ほそみ」に通ずるのだと述べています。「もの」と「もの」、あるいは「こと」と「こと」を配合することによって、一つの「虚」の世界を創造しようとするわけであります。

ところで、清輔の『奥儀抄』の説は、歌学書『八雲御抄《やくもみしょう》』とともに、蕉門の人たちにも、よく

読まれていたようですが、多少問題がないわけではありません。といいますのは、清輔のねらいは、中国の『史記』に出る「滑稽列伝」を用いて『古今集』の「俳諧歌」を解析しようとするところにあったのですが、その「滑稽列伝」では、「俳諧」の意義を、いわゆる「談笑慰戯」の遊びの精神だけではなく、侏儒《しゅじゅ》（こびと）たちのたくましい「譏切《きせつ》（そしり）」の精神をもこめて説いていたのです。蕉門の支考はそのことをしっかりと受けとめけて、『俳諧古今抄』のなかで「俳諧に諷諫《ふうかん》の道ある事」の章を設けて、「俳諧」には「諷諫の道」と「談笑の法」と二つの要素が含まれているのだと主張しています。ところが、この点について『奥儀抄』に曲解があったために、「俳諧」を単に「滑稽」のみに結びつけてしまうような「俳諧」論が一般化されてしまったのだとみられます。

蕉門俳人のなかで、最もこの「虚」と「実」との融合による表現について力説したのも、この支考なのですが、支考は、芭蕉の「言語は虚に居て、実を行うべし」という発言を、その論書でしばしば引用しています。そして「虚に居て実を行う」とは、現代の脳科学者が、「仮想の世界の奥深さ」によって「現実を認識するコンテクストの豊かさ」を導くのだと説いていることと合致するわけです。

8　伝統と新しみ

二〇〇三年十月二十五日、正岡子規国際俳句賞事業の一環として、「不易流行」をテーマとした国際シンポジウムが、松山市で開かれたことがあります。プロモーターは西村我尼吾、パネリストとして岩岡中正、夏石番矢とわたし、モデレーターは川本皓嗣《こうじ》といった顔ぶれで、外国人のいない国際シンポジウムでした。じつは、このシンポジウムは、川本皓嗣さんが『天為』誌に寄稿した「『不易流行』試論——ボードレールの『モダン』を手がかりに」という論考が話題を呼んだのがきっかけで開かれたものでした。

川本さんは、ボードレールがモダニズムを論じた「現代生活の画家」のなかで「優れた芸術の半分は、今目の前にある一時的なもの、儚《はかな》いもの、偶発的なものであり、残りの半分は永久的なもの、一定普遍のものである」と述べているのは、芭蕉の「不易流行」の論とみごとに合致しているのではないか、と提言されていたのです。芭蕉は伝統主義者であるとともに、ばりばりのモダニストだったというわけです。そして、よく知られた「新しみは俳諧の花なり」（『三冊子』）という芭蕉の言葉は、マラルメが、〝はっとさせるような言葉の新鮮な組み合わせ〟を説いていることによく通じるのだとも論じられています。

時雨るるや紅粉《もみ》の小袖《こそで》を吹きかへし　去来

正秀《まさひで》が「この句は、紀貫之の「糸による物ならなくに別れ路《ぢ》の心細くもおもほゆるかな」が『古今集』の「歌屑《うたくづ》」だと言い伝えられてきたのと同類で、去来一代のつまらぬ「句屑《くくづ》」である」と批評した。私としては「正秀のこうした批評は、今なお納得がゆかない。自分としてはただ、時雨が運んできた嵐の吹き過ぎる路上で、女の紅絹の小袖を風が吹き返している景色を詠んだわけで、和歌ならば『新古今集』の源信明の歌「ほのぼのと有明の月の月影に紅葉吹きおろす山おろしの風」といった景趣になるだろうと思い浮かべた上で、これを俳諧ふうに詠むとすれば、このようになると考えて作ったまでである」と反論したいところである。（同門評）

芭蕉直門の膳所《ぜぜ》藩士正秀が、去来の「時雨るるや」の句を酷評したのは、閑寂な時雨の風情に紅粉の小袖の華やかな景趣を配したのが不調和で不自然だとみたからなのでしょうか。「紅粉」は紅色に染めた薄い絹布で、女性の着物の袖裏や胴裏に用いるものです。わびしい時雨模様のなか、一陣の風が吹いて、道行く女性の美しい紅粉裏の着物を、さっと吹き返した、その一瞬の艶に華やかなものが目に映ったという情景を詠んでいるので、自然詠としての源信明の「紅葉吹きおろす」の歌の景趣を、卑近な路上風景に俳諧化したところに、十分おもしろさがあるはずだ、と作者去来は主張しているのです。

また正秀は、この句を貫之の「糸による」の歌と同類の「句屑」だと評していますが、貫之の一首は、東国行の途上の吟で、「道というものは、糸に縒《よ》り合わせるための細い片糸とは違うのだが、それなのに、この人と別れて行く道がなんとも心細く感じられるのは、自分の今の心細い気持のせいであろう」といった歌意であります。心細い気持を「糸」にたとえるのは、貫之らしい理知的な技巧の歌ですが、鎌倉末期頃から、そうした歌風が急に評判が悪くなったことが『徒然草』に伝えられています。ただし、兼好が、こうした歌風は『古今集』時代の特色なのだから、これを「歌屑」とまで言うのはどうかと評しているように、それなりに作者の心情は出ているともみられるでしょう。

それから、去来が意識したという「紅葉吹きおろす」の歌は、屛風絵の情景から着想したもので、紅葉の散り敷いた風景から、その紅葉が激しい山颪《やまおろし》に吹き散らされている有明けの情景を想像した作だとみられます。その一気に詠み下した和歌らしい声調のなかに、幽艶な景趣が生じてくるものですが、それを俳諧化した去来の句が、この本歌を大胆に打ち返した作として成功しているかどうかは、今日からみても、意見の分かれるところではないでしょうか。

「俳諧」の特色は、和歌や連歌の〝雅〟に対していえば、間違いなく〝俗〟にあったわけですが、芭蕉は同時に「俳諧とても、さすがに和歌の一体なり」（修行篇）とも自覚して、初期俳諧の言語遊戯や放縦卑俗な哄笑性を乗り越え、〝俗〟なる表現の上にも、和歌・連歌の伝統に十分対抗し得るような新しい詩美と「まこと」の情の表出を探し続けたのでした。自然と人生にも深くかかわるような高次の滑稽――それが、蕉風の〝俳諧〟であったわけです。『去来抄』と並ぶ、もう一つの重要な蕉風俳論書である『三冊子』には、そうした芭蕉の詩精神の神髄がよく整理されて示されています。そこにはさまざまな俳諧としての興趣が説かれているのですが、その上にまた「詩・歌・連・俳はともに風雅なり」と、蕉風の根幹にあるものが明言されているわけです。

9　舌頭に千転せよ

江戸時代の俳諧の会席で、執筆《しゅひつ》役たちが、連衆《れんじゅ》から出された句を読み上げたり、完成された連句一巻を席上で披講《ひこう》することを〝吟声《ぎんせい》〟と言います。これは和歌・連歌以来の伝統をふまえたもので、歌会なら、講師《こうじ》役がさまざまに読み上げ方を工夫して披露しますし、連歌会なら、執筆が読み上げのテンポ、間《ま》、気品などに留意して、吟声をします。心敬《しんけい》の著わした『私用抄』にも「もとより詩歌は詠吟の声のうちに、句のよしあしあらはれ侍る物なれば、偏《ひとへ》に句の請取《うけと》り、読進《どくしん》の程、あひだの遅速《ちそく》、品、声の色など大事なるか」とあります。ですから、和歌も連歌も俳諧も、吟声したときの印象――その作品が声の力によって、人々にどう伝わるかが、勝負を決することになるわけです。紙が貴重であった時代、そして黒板もＯＨＰ（プロジェクター）もなく、コピーして手渡すことなどできなかった時代、句歌の生命は音調・リズムに託されていました。ですから、芭蕉は**「句《く》調《ととの》はずんば、舌頭《ぜっとう》に千転せよ」**と教えたのです。

卯の花に葦毛《あしげ》の馬の夜明《よあ》けかな　許　六

この句について私（去来）は、「自分にもこの句と同じような趣向の句があった。その句は「有明《ありあけ》の花に乗り込む」とまではできたが、そのあとを置きわずらい、たとえば「月毛駒《つきげこま》」「葦《あし》毛馬《げうま》」では、言葉が窮屈につまってしまう感じがしたのであった。また「の」の字を入れて「月毛の駒」「葦毛の馬」とすると、字余りになり口にたまるような感じがする。「さめ馬」では言葉に品がない。さらに「紅梅馬」「さび月毛馬」「川原《かわら》毛《け》馬」など、いろいろ思案してみたが、ついにまとまらなかった。

その後、この許六の句を見て、自分の不才を嘆いたのだった。なるほど、畠山左衛門佐《はたけやまさえもんのすけ》といえば、いかにも大名を思わせるし、山畠佐左衛門《やまばたけすけざえもん》といえば、一字も変えないでも庄屋らしい名となるものだ――自分も、あの時、句の仕立て方を工夫すればよかったのだ。先師が「句のしらべが整わないときは、何度も繰り返して口ずさんでみなさい」と言われたのは、こうした点のことだったのだ」と考えたのであった。　（同門評）

許六の句は、正しくは中七が「月毛の馬の」（『韻塞《いんふたぎ》』）ですが、江戸を出立して彦根へ帰郷する際の吟で、初夏の暁方《あかつきがた》、白く咲き乱れる卯の花垣の中を、葦毛の馬に乗って旅立つ気分はなんともいえずさわやかだという句意です。

「葦毛」は白色に黒・茶・赤の毛がまじるもの、「月毛」はそのさらに赤みを帯びたものですが、色彩豊かな三つの素材が映発し合って、門出にふさわしい情調をかもし出しています。その句趣とともに、吟じてみての句調のよさに、去来は脱帽したのでしょう。ただ、これを「畠山左衛門佐」と「山畠佐左衛門」の言葉のひびきの違いに当てはめて論じているのは、どうも少しズレているような気がします。「畠山」と「山畠」の文字の組み替えの問題は、古く徳元《とくげん》の『誹諧初学抄』に論じられ、元禄期の作法書『真木柱《まきばしら》』にも「句の仕立て方」として引用されているものですが、芭蕉が「**舌頭に千転せよ**」と説いたような微妙な口調・音調の問題とはやや異質ではないかと思われます。

去来は、こうした句の調べというものの大切さを、連句の付句についても、とりあげています。

私が考えるに「句に句勢というものがある。文には文勢、語には語勢があるようなものだ。たとえば、

　　あくるがごとくこぬか雨降る　　去　来

という付句に対して、先師は「これもまた句の勢いが問題になる句である。どうして〈うちあくるごと〉とは作らなかったのか」と言われた。私は「ごと、というのでは言葉がつまったよう

に感じられる」と答えた。すると、先師は「昔の人も〈わがごと物や思ふらん〉と詠んでいるではないか」と言われたのであった」と。（修行）

この付句は、〈木の本に円座取巻《とりま》け小練年《こねりどし》〉を発句とした六吟歌仙（『藤の実』所収）の初表六句目に鳳仭《ほうじん》（野明《やめい》）の作として〈ふるふがごとくこぬか雪ふる〉の句形で出るもので、たぶん、去来の「あくるがごとく」の初案を直して、鳳仭の作としたのでしょう。連句の座ではよくあることです。去来がそれを承知しながら、ここで例示したのは、芭蕉が句勢というものを尊重して、初案を「うちあくるごと」とすべきだと説かれたことを伝えたかったからでしょう。ちなみに、古人の歌も、正確には「秋の夜のあくるも知らず鳴く虫はわがごとものやかなしかるらん」（敏行朝臣、『古今集』秋）であり、「わがごと」は〝私のように〟の意味で、「ごとし」の語幹だけを用いたものです。ですから、やや詰まったような音調になりますが、それによって「句勢」つまり句の格調に力と張りが出てくるわけなのです。

近、現代の俳句史では、こうした一句の音調のことはあまり論じられることはありませんでした。その中では、明治期の先学沼波瓊音《ぬなみけいおん》の『俳諧音調論』（明治三十三年八月、新声社刊）が注目されます。ここでは総論で『去来抄』の説をあげた上で、句調を整えるために、まず連鎖《れんさ》調《ちょう》の効用を説きます。漢詩や西欧の詩のように韻をふむことのできない俳句では、それに代わるものとして、音の繋《つな》ぎ具合で、語と語、句と句とが連鎖してゆくところに、音調効果が生れるとするのです。五十音図の縦に行を同じくする音で繋ぐ「同行連鎖」なら〈古池や蛙飛び込むみづの音〉〈何事ぞ花みる人のなが刀〉などの例が、同じく横に行を同じくする音で繋ぐ「同韻連鎖」なら〈春のうみひねもすのたり〳〵哉《かな》〉〈春なれや名もなき山のうす霞《がすみ》〉などがあげられています。また五十音図中、最も硬い音である、か行音やた行音を用いて格調を作り出すものとして、〈よく見れば薺《なづな》花さくかき根かな〉や〈つつじ咲きぬつちにとぼしき岩の間《あひ》〉などがあげられているのです。

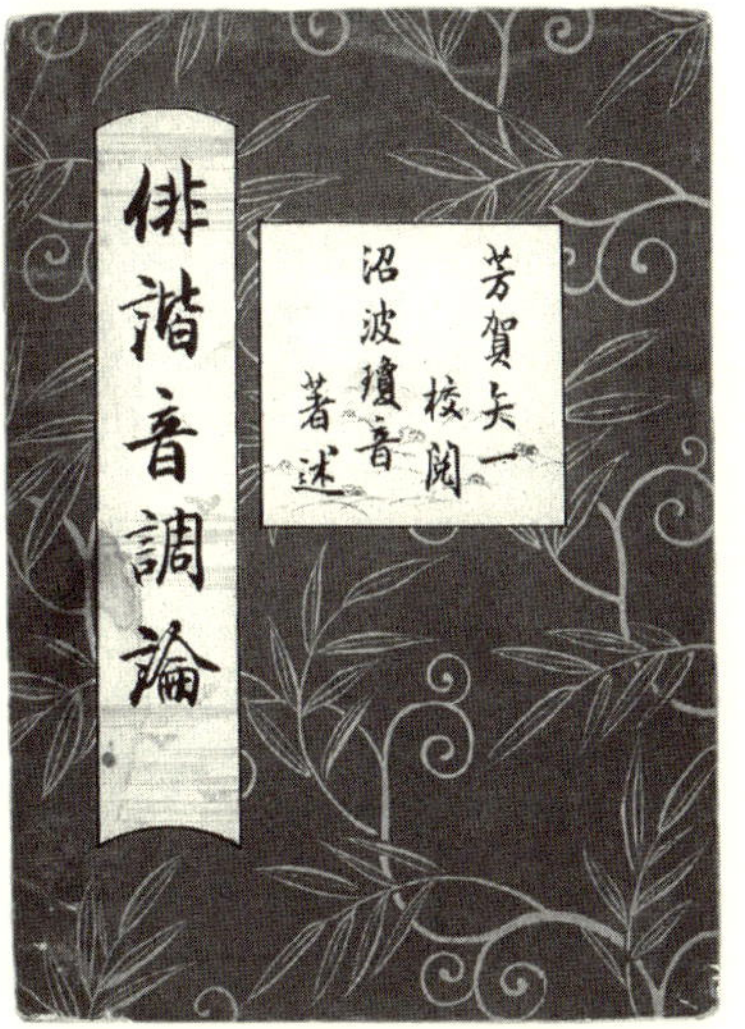

『俳諧音調論』表紙

10　リズムは躍る

和歌は五七五七七、俳句は五七五の音数律の詩で、日本の伝統詩では、五音と七音による韻律形成がつねに基本になっていると考えられています。その要因は必ずしも明らかではありませんが、音韻論的に、日本字音が基本的二音節として固定されていること――つまり、五十音の「あ」「い」「う」や「か」「き」「く」といった一音一音が、二音にまとまって一つの単位（音節）になることが多いこと、また自立語では、その二音の語、もしくはそれを重ねた四音の語が多く、これに一音の多い助詞（てにをは）が結びつくことで、五・七などの奇数音による音数律が多くなるからだと説明されています。

ところが、ここに四音の音数律を含む、独特の詩型がありました。江戸時代から明治・大正期に盛んで、昭和四十年頃まで続いていた「土佐句テニハ」という雑俳で、基本的に七五四と七六四のリズムになっています。

地球を含む空色の風呂敷　　（題「広い」）

とんぼ返りの沸《わ》くを見よる目の色　　（題「茶」）

こうした頭デッカチ、尻スボミのリズムは、五七五の伝統的なリズムの安定に違和感をもつ土佐人の心意気であり、規範にとらわれない土佐人の心情から生れたもので、とくに下四音が、上句からの加速的な流れを、そのまま受けとめず、つんのめるように突き放すことで、かえってリズム効果をあげていると説明されているわけです。先程の二音節基調論とそれを発展させた、五七五の句形を〝八音一拍節〟の構造の繰り返しとみる音韻論を適用してみると、

フルイケ　ヤ□　□□＝カハ　ズト　ビコ　ム□＝ミズ　ノオ　ト□　□□　（俳句）
トン　ボガ　エリ　ノ□＝ワク　ヲミ　ヨル　□□＝メノ　イロ　□□　□□　（土佐句テニハ）

となります。□（四角）で示した休音のところがリズムを形成してゆくわけです。

鶯の舌に乗《の》せてや花の露　**半《はん》残《ざん》**

私は「この「乗せてや」を「乗するや」といったのでは趣きがありますまい。また「乗せけり」といったら句になりますまい。ここはやはり「乗せてや」とあるべきところで、「てや」という語法に千金の価値があるので、その点で半残はまことに練達の作者である」と言った。丈草は「「てや」というあたりは、上手な独楽《こま》回しの芸を見るようだ」と語った。（同門評）

伊賀藩士で蕉門俳人であった山岸半残の句（『土大根』所収）は、鶯が玉をころばすような美声で鳴いているが、あれは花の露を舌に乗せて喉《のど》をうるおしているためであろうか、といった句意です。そして、ここでは中七の「てや」の語法が絶妙で、価千金《あたいせんきん》だと評されているのです。「乗するや」としたら、ただ事実を叙《の》べるにすぎないし、「乗せけり」では平板な写生の句でしかないが、「乗せてや」と、そこに疑問と感嘆の「や」を用いて、詩的想像力をかき立てさせるとともに、力のこもった語調を整えていっているところがすばらしいわけでしょう。

去来は同じような句のリズムの大切さについて、付句を例にしても説いています。

私が考えるに「句には語呂《ごろ》というものがある。それはいわば句走《くばし》りということである。語呂は盤の上をころころと玉が走るようなものである。つまり、停滞しないことがよいのである。また、それは柳の枝が風に吹かれるように、優しい口調を用いるのもよい。ただ、溝の汚水が泥土の中を流れるように、あちこちに行き当たり、さらさらと流れないのを嫌うのである」（以下略）

（修行）

ここでの「語呂」とは、語句の続きぐあい、句調のことであり、「句走り」とは句の拍子、流れるようなリズムのことであります。前節の「あくるがごとく」の付句論と合わせますと、勢いがあり、語呂のとどこおらないことが要求されているわけです。発句に限らず、付句でも語調、リズムを大切にしなければならないのです。

沼波瓊音《ぬなみけいおん》の『俳諧音調論』でも、促音《そくおん》（っ）や撥音（ん）が語勢を強めるのに有効であること、また延音（一音を二音に延ばして言うこと）の働きなどにも言及しています。また山口誓子のアフォリズムにも「俳句だって、時に痺《しび》れを切らして、十七字詩型から片足をはみ出すことがある」（『ホトトギス』昭和六年八月）などと言っています。

第五章

「かるみ」談義

風羅念仏図（『惟然法師追善 風羅念仏』寛政10年）

1　時鳥の景情、明石の景情

芭蕉の句に「明石夜泊」と題した〈蛸壺やはかなき夢を夏の月〉（『笈の小文』）という名吟があります。源平一の谷合戦の地、ここ明石の海面には蒼白い夏の月の光が映り、海底では明日の運命も知らぬ蛸がはかない夢をむさぼっているという、まさに〃夢幻泡影〃の世界が詠まれています。

「明石」は播磨国の歌枕で、古代より海上交通の要衝であり、『万葉集』では人麻呂の「天離《あまざか》る鄙《ひな》の長道《ながち》ゆ恋ひ来れば明石の門《と》より大和島《やまとしま》見ゆ」、『古今集』では伝人麻呂の「ほのぼのと明石の浦の朝霧に島がくれ行く舟をしぞ思ふ」がよく知られており、いずれも瀬戸内海の美しい情景を彷彿とさせます。『新古今集』時代になりますと、そうした叙景歌の伝統に、『源氏物語』「須磨」「明石」の巻以来の物語的要素が融合して、さらに、複雑な表現世界をもたらすことになります。

一方、「明石」といえばすぐ連想されるのは「時鳥」ですが、これもまた、『万葉集』時代の「五月山《さつきやま》卯の花月夜ほととぎす聞けども飽《あ》かずまた鳴かぬかも」などに、その声を賞美され、暦や季節とも結びつけられ、『古今集』時代には「ほととぎす鳴くや五月《さつき》の菖蒲草《あやめぐさ》あやめも知らぬ恋もするかな」など、〃人恋しさ〃の要素が加わって、物思いをさせる鳥としても詠まれるようになっていったのでした。

時鳥《ほととぎす》帆裏《ほうら》になるや夕まぐれ　先《せん》放《ぼう》

この句は、はじめ下五が「明石潟」となっていた。それを『渡鳥集《わたりどりしゅう》』に入集させる時、この句形に改めたものであった。可南《かな》が「どうして改めたのですか」と尋ねた。私は「「時鳥帆裏になるや」で景も情も十分に表わされている。この上に名所の「明石潟」まで詠み込むと、句意がねばって重くるしくなる」と答えた。

可南はさらに「同じ『渡鳥集』に出る卯七《うしち》の「みやこにのぼりけるに」と前書した「時鳥《ほととぎす》当てた明石もずらしけり」の句も「明石」を詠み込んでいる。先放の句とどう違うのですか」と尋ねてきた。私は「卯七の句は「明石」と詠み入れないと、「ずらしけり」という本来の意図が通じなくなるからだ。発句というものは、趣向を二つも三つも取り重ねて作るものではない。ただ、特殊な寓意などを含ませて作る場合は別の話になる」と答えた。（同門評）

ここでは、妻可南の質問に答えるかたちで、長崎住の門人先放の句を推敲指導していった過程を例にして、蕉風では「句意のねばり」を最も嫌うことが説かれています。「景」と「情」がよく融合した表現を理想とするからであり、芭蕉が晩年に説いた「かるみ」の作風ともかかわるところです。推敲された先放の句は、夕暮時、おそらく船がどこかの港へ入ろうとした折、時鳥が一声鳴いて帆の裏側の方へ飛び去ったように感じられた、という句意で、去来は、そうした「時鳥」と「帆」

の取り合わせによる趣向だけで、景情が十分整っているというのです。その上に「明石潟」という名所の地名を加えて、「時鳥帆裏になるや明石潟」とすると、趣向が重なって、句意が重くなるというわけです。「明石」の浦に「千鳥」を組み合わせたり、「時鳥」を配するのは和歌以来の伝統ですから、そうした面からも、表現としての新しみは感じられません。また下五に「明石潟」などと入れて、時鳥の情景を名所の風景として限定しなくても、「帆裏になるや」という趣向だけで、十分に俳諧の詩としての発見があるのだと去来は説くのです。その点、同じ長崎の門人卯七が瀬戸内を渡ってきて、「明石」で「時鳥」を聞くのを当てにしながら、ついに聞けなかった無念さを詠んだ「時鳥当てた明石もずらしけり」の句とは、一句のねらいがまったく違うわけです。卯七の句は、伝統的な風雅につながろうとする心を俳諧者流にストレートに詠んだだけの句といえましょう。

「時鳥」は『連《れん》歌《が》至《し》宝抄《ほうしょう》』に「つれなく鳴かぬやうに仕《し》ならはし候《さうらふ》」とあるように、夜の明けゆくまで、なかなか鳴かないのが伝統的な興趣でした。それが、先放の舟旅では、夕暮時、あっさりと鳴き去るわけです。その一瞬の情景を、名所の風景などとはせず、「ありのまま」に詠めばいいのでした。もちろん、「ありのまま」は、単に「景」としてのありのままというだけではなく、「情」としての「ありのまま」でもあるのです。

芭蕉も、貞享五年(一六八八)初夏、『笈《おい》の小文《こぶみ》』の旅で、「須磨」「明石」をめぐって、いくつも句を詠んでいます。はじめにあげた「蛸壺や」の句のほか、「須磨のあまの矢先《やさき》に鳴《なく》か郭公《ほととぎす》」では、名所の歌枕としての須磨のイメージと、現実の漁師のつがえた矢先の向うに郭公が鳴いて飛び去る風景との組み合わせに、新しい詩情が生まれており、「ほとゝぎす消行方《きえゆくかた》や嶋《しま》一ツ」では、人麻呂の和歌以来の叙景を受けつぎながら、さらに雄大な構図の景観を表出しており、「かたつぶり角《つの》ふりわけよ須磨明石」では、古歌や物語の舞台だった歴史的空間を、俳諧の目で大胆にとらえ直しています。

2　景情ありのまま――蕉門のめざしたもの

結社の時代というものに、変化の兆しがあらわれてきているようです。結社というシステムが、今日の若い世代の人たちにフィットしない面があるのでしょうか。それはそれで新しい時代の動向として評価すべき点がありましょう。ただ、もしも、結社における作風の形成上、主宰者を中心とした指導上の理念が、単純な束縛感として嫌われてしまう傾向が生じているのだとしたら、大変気になるところです。俳諧の座や俳句の結社というような仲間同士が内面的に交響してゆく場には、やはり、それを統御するコンダクターの役割は欠かせないのではないでしょうか。

私（去来）が思うに、「他流と蕉門とは、まず第一に、句の着想のしかたに違いがあるようだ。

蕉門では「景」でも「情」でも、そのありのままを詠むものだ。ところが、他流では、心の中でいろいろと技巧を働かせて詠むようである。それはたとえば、「御《み》蓬萊《ほうらい》夜《よる》は薄物《うすもの》着せつべし」「元日の空は青きに出船《でふね》哉《かな》」「鴨川《かもかは》や二度目の網に鮎《あゆ》一つ」といったようなぐあいである。「御蓬萊」の語の優美さから宮中の蓬萊飾りを心の中に想像して、そこに「薄物」を配し、「元日の青空」から「青陽《せいよう》（初春）」の日の船乗初めを想像し、また「鴨川」の清流を想像させるために「二度目の網に鮎一つ」と数の技巧を用いて、鮎の少ないことをいったのであろうか。これらはみな細工をした句になっている」と。

また、私が思うに「蕉門の発句は、一字も読めない田舎人や十歳以下の小児でも、時にはよい句を作ることがある。その点、かえって他門の熟練者といわれる人は、蕉風の好句が作れるかどうか、心もとないのである。他流では、その流の熟練者でなくては、その流の好句は作れないようにみえる。（修行）

ここで注目すべきなのは、「**蕉門は景情ともに、そのあるところを吟ず**」と言い切っている点です。蕉門以前の、ことばの働きを中核とした句の作り方に対して、芭蕉がめざしたのは、対象のありのままを詠むということでした。むろん、それは〝ありのままの客観写生〟といったことではなく、勝手に〝私意〟を働かせないという意味です。「松の事は松に習へ、竹の事は竹に習へ」（『三冊子《さんぞうし》』）の精神です。けれども、ここでとにかく〝ありのまま〟を吟ずべしと説かれていることは、俳句表現の歴史の上で、じつに画期的なことでした。自分がそれまでに頭の中に持っていた先験的な認識から、一旦、自分を解放して、対象に接してゆくという姿勢が、ここにはじまったのです。

ところで、『去来抄』の本文に「景情」とあるところは、去来自筆の稿本には「気情」とあるものを、江戸中期に出た板本『去来抄』に従って「景情」と改めたものです。芭蕉の他の用例などからも、その方が正しいとみられます。また、これを「気情」のままに読みとり、「気情」の「気」を、芭蕉が影響を受けた宋学の『太極図説《たいきょくずせつ》』にいう「理気」の「気」、つまり自然現象の働きを意味するものとみても、全体の趣意は変わらないでしょう。

それでは、蕉風における「景情」の「景」とは何であったのでしょうか。それは「景気」「景色」の「景」でありました。芭蕉は、その評語のなかで「さむき景気」とか「春の景気」などと使っていますが、たとえば、

坊主子《ぼうずこ》や天窓《あたま》うたるゝ初霰《はつあられ》　不玉

近年の作、心情専《もつぱ》らに用《もち》ゐる故、句体重々し。左《さ》候へば愚句体、多くは景気斗《ばかり》を用ゐ候ふ。

（『秋の夜評語』元禄六年評）

といった批評のしかたからみると、芭蕉のいう「景気」は、単なる客観的風景を描くことではなく、むしろ「景趣」すなわち「景」のかもし出す雰囲気に主眼を置いたものとみられましょう。「坊主子」の句は、くりくり坊主のこどもが、初霰の中を嬉しそうに駆け回って、霰に頭を打たれている光景

ですが、それを受けて、自分も近頃はこの句のような「景気」一辺倒の句を詠んでいると述べているのは、「心情のねばり」と「句体の重さ」を排除した「景気」の句を尊重しているということです。もちろん、蕉風における「景気」は、本来、自然やものを対象とした映像としての知覚の風景でありながら、単なる叙景の意を脱して、ほとんど、ものの形象やイメージに近いものを意味していたのです。

じつは、当時の元禄俳壇では、蕉風に限らず、こうした「景気」の句が流行していたのでした。『去来抄』で「心中に巧まるる」と非難された「御蓬莱夜は薄物着せつべし」の句の作者池西言水《いけにしごんすい》などでも、この時期、「比叡《ひえ》高く吹き返さるゝ暴風《のわき》かな」とか「比叡愛宕《あたご》雲の根透《す》けり村時雨《むらしぐれ》（『前後集』元禄二年刊）といった景気に適《かな》う句を詠んでいましたが、その「景気」は印象明瞭な景色、もしくは自然の風景に近いものとみられ、蕉風のそれとは、いささか違っています。

また去来のいう「景情」のうちの「情」、すなわち「風情（詩情）」のありのままとは、芭蕉が晩年に徹した「俗談平話」の精神をさしているようです。これはいわば「かるみ」の題材的側面であり、「鶯や餅に糞する椽《えん》の先」とか「塩鯛《しほだひ》の歯ぐきも寒し魚《うを》の店《たな》」の句のように、日常的世界の中に詩情を探り当てるものでありました。このあたりも、「他流」と「蕉風」のめざす俳風の違いでありましょう。

3　「かるみ」談義――その一

演劇の演出家や映画の監督の演技指導のしかたには、大きくみると、二通りの型があるといいます。一つは、自らも演技の見本を示しながら、手をとり足をとってリードしてゆくもの、もう一つは、基本的に演技者にまかせて、十分納得できるまで、ひたすらダメを出すことを繰り返してゆくやり方です。作家で演出家でもあり、かつての新劇運動の中心だった岸田国士《くにお》などは典型的なダメ出し型の演出をしたと伝えられます。演劇経験のなかったわたしが、若い時、高校演劇の指導を任されて、なんとかこのやり方で切り抜けたことを想い出しますが、芭蕉は、いったいリード型だったのでしょうか、ダメ出し型だったのでしょうか。

君が春蚊屋《かや》はもよぎに極《きは》まりぬ　越《えつ》人《じん》

先師が私（去来）にこの句について語ってくれたことには「句は、句調や表現に落ち着きがなければ、真の発句とはいえない。越人の句は、もう、たしかに落ち着きをもつようになったとみていたが、この句をみると、また重みが出てきている。この句は「蚊屋はもよぎに極まりぬ」だけで、萌黄色の蚊帳《かや》の優美さを十分表現したことになる。だから、上五には「君が春」

などではなく、「月影や」とか「朝朗《あさぼらけ》」などと置いて、もっぱら蚊帳の発句とすべきである。それをさらに、蚊帳の萌黄色が昔から今まで変わらない点を、君が代のめでたい春がずっと変わらないということに結びつけて、歳旦の句としてしまったために、句の内容が重たく、表現もさらりときれいにならなかったのだ。

おまえ（去来）の句も、すでに落ち着きという点では心配はなくなっているが、その句境に安住してしまって、重みに陥ってはいけない」と。（先師評）

越人の句は元禄四年（一六九一）正月に出た荷兮《かけい》編の『歳旦帳』に〈御代《みよ》の春蚊帳の萌黄にきはまりぬ〉の句形で載っているもので、「君が春」としたのは去来の記憶違いとみられますが、蚊帳の色が昔から萌黄色（青と黄の間の色）が極上と決まっているように、御代の春も、いつも変わりなく栄えているという句意でしょう。新年を寿《ことほ》ぐのに、季節外れの「蚊帳」を出したことの意外性、伝統的な和歌なら定番の「松」や「鶴亀」ではなく、生活感のある「蚊帳」に結びつけたところに、俳諧らしい味わいがありましょう。けれども、芭蕉はこれを「重み出て来たり」と難じたのでした。つまり、一句にダメを出したわけです。「重み」とは観念的なところがあり、理屈めいたものが感じとれることをいうのでしょう。だから「君が春」ではなく「月影や」とか「朝朗」など叙景的な上五にすれば、「重み」はとれるとリードしたわけです。そうすれば、たしかに蚊帳の色のすがすがしさがよく映し出されることになります。そして、芭蕉が晩年にめざした「かるみ」の表現に近づくわけです。ところが、越人の句は「君が代」の春の平穏無事なことが主題であり、その主題を「蚊屋のもよぎ」の変わらないことにたとえて表現しているものです。作者の意図は、あくまでも「君が春」の繁栄にあったのですから、「月影や」などと改案することには躊躇《ちゅうちょ》したのでして、そのため、結果として「重み」のある句となってしまったのでした。

『去来抄』のなかでは、この「重み」を芭蕉が「甘み」と言いかえてもいます。「甘み」から抜け出さないと「かるみ」を失うことになるということです。また「君が春」の条と同じく、句の重みを排斥すべきことを芭蕉が説いている条に、次のようなものもあります。

振舞《ふるまひ》や下座《しもざ》になほる去年《こぞ》の雛《ひな》　　去来

この句は私（去来）自身感じるところがあって作ったものである。上五文字を「古ゐぼし」「紙《かみ》ぎぬや」などとすると、いいすぎになる。何か季節の風物を置くとすれば、寓意しようとするものがはっきり表われない。また「あさましや」「口をしや」など直接感情を表わすことばにすると、つまらなくなるということで、この「振舞や」の五文字を置いて先師に意見を乞うたところ、先師は「上の五文字に意図するものをこめようとすると、伊藤信徳《しんとく》の〈人の代や懐《ふところ》に在《ま》す若《わか》恵比《ゑび》須《す》〉の句のように理屈っぽく重いものになりがちである。十分ではないが、「振舞や」でがまんしよう」と言われた。（先師評）

去来の句は、春の節句の雛飾りで、去年の古い雛人形が新しい雛人形に席を譲って、雛壇――といっても当時はまだ段飾りにはなっていませんが——の下座の方に替わっているのを見て、栄枯盛衰の激しい人の世での振舞い、つまり処世のあり方が痛感されたという句意です。やはり人生への観念的な想いが託された句であって、そこに危うさがあるわけです。芭蕉は、かつての盟友信徳が、福を招くお札を売り歩く夷《えびす》売り自身がみすぼらしい乞食姿であるという皮肉を詠んだ〈人の代や懐に在す若恵比須〉の句とくらべるなら、まだ「重み」に陥ってはいないと一応支持を表明しています。こうした世相観想の句では、その意図が露骨すぎても、また意図が不明でもよくないわけです。

芭蕉の晩年の句には〈菊の香や庭に切《きれ》たる履《くつ》の底〉〈寒菊や粉糠《こぬか》のかゝる臼《うす》の端《はた》〉といった叙景的な「かるみ」の句が目立ちますが、その一方〈此《この》秋は何で年よる雲に鳥〉〈此《この》道や行人《ゆくひと》なしに秋の暮〉のような心情のこもった句も少なくありません。とすると、いったい「かるみ」というものを、どういうふうに考えるべきなのでしょうか。

4　「かるみ」談義——その二

中国宋代の蘇軾《そしょく》が、唐の詩人「元稹《げんしん》」と「白楽天」を評したことばに「元軽白俗」がありました。元稹の詩は軽浮《けいふ》で重みがなく、白楽天（白居易）の詩は浅俗で卑しいところがあるという意味ですが、蘇軾はじつは白楽天とその詩友元稹を敬慕していたといわれますので、「軽」も「俗」も単純にはとらえられないでしょう。そして蕉門の俳人について、これを当てはめれば、「然軽考俗」などといえるかもしれません。「然」が口語調俳人の惟然《いぜん》で、「考」は俗談平話を標榜した支考《しこう》です。

梅の花あかいはあかいはあかいはな　惟然

私（去来）が思うに「惟然坊の最近の俳風は、およそこのようなたぐいの句である。これらはとうてい発句とは思われないものだ。先師が亡くなられた年（元禄七年）の夏、師は惟然坊の俳諧を指導されたが、その際、惟然の詠みぶりの秀れた点に着目し、これを伸ばしてゆこうとされて、〈磯際《いそぎは》にざぶりざぶりと浪うちて〉とか〈杉の木にすうすうと風の吹きわたり〉といった付句をおほめになったのであった。

また、先師は「俳諧というものは、気先（気勢）に乗って無分別に作るのがよい」とか「これから後《のち》の作風は、ますます風体のかるいものになってゆくだろう」などといわれたのだが、惟然はこれを聞き違えて、自分の得意な詠みぶりに勝手に引きつけて理解してしまい、惟然自身の編んだ撰集『藤の実』に載る歌仙に出ている〈妻呼ぶ雉子の身をほそうする〉とか〈あくるがごとくこぬか雪ふる〉といった付句について、先師が評された句の勢いとか句の姿が大切

だという話は、すっかり忘れてしまったものとみえる」と。（同門評）

惟然は、芭蕉没後、「風羅《ふうら》念仏」を唱えながら乞食行脚した飄逸の俳人でした。芭蕉生前は〈蠟燭《らふそく》のうすき匂ひや窓の雪〉といった蕉風らしい高雅な詩境の句が少なくなかったのですが、やがて〈きりぐ〳〵すさあとらまへたはあとんだ〉とか〈水鳥やむかふの岸へつういく〳〵〉といった自由放胆な口語調の句に特色を発揮してゆきました。ここで「梅の花」の句も、紅梅の鮮やかさを感嘆した口語調の句になっています。こうした句風を同門の許六《きょりく》などは「世上を迷はす大賊也《なり》」（『俳諧問答』）などと批判していますが、去来も「**是等《これら》は句とは見えず**」と難じたわけです。そして、惟然調の発生した要因は、芭蕉は、いわば対機説法として、惟然の付句の軽やかな詠みぶりを称揚したこと、また芭蕉が「**俳諧は気先《きさき》を以《もっ》て無分別に作すべし**」とか「**この後《のち》いよいよ風体かろからん**」と述べたことの真意を、惟然が曲解して、自分の都合のよいように引き寄せて理解してしまったところにあったというのです。芭蕉が一方で、「句の勢い」すなわち句の格調とか力強さ、また「句姿」すなわち「風姿《ふうし》」の備わることの大切さを説いていることを忘れているのではないか、と批判しているわけです。

けれども、惟然は、単純に蕉風からの逸脱者であったとはいえません。芭蕉生前には蕉風の「さび」を学び、「かるみ」に共鳴し、芭蕉の詩精神をどこか根本のところで受け継ぎつつ、逆にこれに大胆に挑戦していったのだともみられるのです。芭蕉の〈憂きわれをさびしがらせよ閑古鳥《かんこどり》〉の句にみられるような、作者の強い主観的判断によって思い切って対象をとらえ、対象に感情を投げかけてゆくような表現法の投映も、どこかにあるような気がします。それが、作者の心情にかかわる、「かるみ」のもう一つの面だととれないこともありません。

『去来抄』には、『猿蓑』撰集の時、初心者の宗次が、句を作るのに難渋していたのを見て、芭蕉が「さあ、もっとくつろぎなさい。私も横になろう」と声をかけたのに対し、宗次が「では御免《ごめん》ください。気ままにごろりとしていますと涼しうございます」と答えたのを、芭蕉から、それをそのまま発句にすればいいといわれて〈じだらくに寝《ね》れば涼しき夕《ゆふ》べ哉〉という句ができたというエピソードが載っています。日常の生活を、俗談平話で、自由に吟じればいい、と教えることもあったわけです。

芭蕉は晩年にしばしば「かるみ」を説いていますが、その教えは「おもくれず持《もち》てまはらざる様に御工案《ごこうあん》成されべく候」（此筋《しきん》・千川《せんせん》宛書簡）といった抽象的なものか、もしくは「翁今思ふ体《てい》は浅き砂川を見るごとく、句の形、付心とも軽きなり」（『別座鋪《べつざしき》』子珊《しさん》序）といった比喩的説明によるもの、あるいは「鶯や餅に糞《ふん》する椽《えん》の先――日《ひ》比《ごろ》工夫之《の》処《ところ》にて御座《ござ》候《さふらふ》」（杉風《さんぷう》宛書簡）といった例句をもって示すだけのものであります。そこには「かるみ」の具体的な説明はありません。文芸や芸事の指導とは、本質的にそうしたものなのでしょうか。

5　観相と俳味と──もう一つの「かるみ」

平成四年に出ました宮部みゆきの『火車《かしゃ》』という社会派推理小説は、はやばやと現代におけるカード社会の自己破産の地獄を描いて衝撃的でした。カード破産は、従来の借金による財政破綻とはかなり違ったかたちで襲ってくるわけです。

江戸時代では、西鶴の『世間胸算用』が描いているように、小は日常の買い物から、大は問屋の取引きまで、信用を前提とした掛売《かけう》りが原則でしたから、その一年に一度の収支決算日である大晦日に、経済的な極限状況を迎えることになりました。『胸算用』巻一──一「問屋の寛闊女《かんかつをんな》」は「世の定めとて大晦日《おほつごもり》は闇なる事、天《あま》の岩戸の神代このかたしれたる事なるに」と書き出され、「一日千金」のこの日は、「銭銀《ぜにかね》なくては越されざる冬と春との峠」なのだと指摘しています。

大歳《おほどし》をおもへばとしの敵哉《かたきかな》　凡兆《ぼんちょう》

この句の初案の上五文字は「恋すてふ」（恋というものは）と置いたもので、私（去来）の句であった。私が「この句には季がないが、どうしたものだろう」というと、師芭蕉の友人だった信徳《しんとく》は「それなら上五に「恋桜」と置いたらよかろう。桜の花に対しては、古来、風流人たちが切々とした心情を述べてきたのだから」といった。それに対して私は「物事には釣合いというものがある。なるほど昔の人は花を愛して、その季節には夜が少しでも早く明けるのを待ち、逆に日が暮れてしまうのを惜しみ、また花にこと寄せて、人の心の移ろいやすいこと、命のはかないことを恨んだり、花に尋ねて山野に行き迷うようなこともありましたが、いまだかつて花のために命を落としたというような話は聞いていない。ですから、ここで上五に「桜」を置くとすれば、かえって「としの敵哉」というところが、上五にくらべて大げさなものになり、浅はかな感じになるだろう」と反論した。信徳は、それでもなお納得しなかった。そこでこのことを改めて先師にお尋ねすると、先師は「そのあたりのことは信徳には理解できないはずだ」といわれた。

その後、凡兆が「大歳を」と上五を置いた。すると、先師は「ほんとうにこの大晦日の一日は千年来の敵《かたき》のようなものだ。よくもまあ上手に置いたものだ」といって大笑いされた。

（先師評）

「大歳を」の句は、一年中の決済日で、命の縮むような思いがする大晦日というものは、考えてみると、人の世の年来の敵《かたき》といってもいいものだ、という意味で、明らかに世相を観じて詠んだ句です。「としの敵」には、人間にとってそれが身命の沙汰であること、毎年毎年繰り返すということが含まれています。そこに一句の趣向があり、一句の主題があるわけです。そして、これに取り合わせられたのが上五の「大歳を」でありました。ですから、典型的な作者の感慨を詠んだ句であり、芭蕉晩年の「かるみ」の精神には反するものにみえます。ただし、「大歳」という「俗談平話」を配したところは、「かるみ」の時代にふさわしいといえましょう。

さて、この句の初案は去来自身の作で、はじめは上五が「恋すてふ」であったといいますから、「としの敵」は人間の「恋」の悩みであったわけです。ただ、季の詞がないので困っていたところ、信徳が、いっそう観相の意を働かせて「恋桜」という案を出しました。「恋桜」は桜を恋する、の意ともとれますが、前々節にもありましたように、信徳という人はかねてから〈人の代や懐《ふところ》に在《ま》す若恵比須《わかゑびす》〉の句のような観相の句を得意としていたことを考えると、ここは恋にしても桜にしても人間にとって年来の敵だというふうにとったほうがふさわしいでしょう。それに対して去来は、「恋」はいいとして、「桜の花」にいかに心を狂わせるほど憧れるとはいっても、それに命を捨てるとまではいかないので、「桜」を「としの敵」と取り合わせるのは、いかにも露骨で大げさになってしまう、と反論したのでした。もちろん「桜」に命を賭けるというのは文芸的な〝虚〟の表現だとするなら、吉野山の花に憧れた西行の和歌がすぐ浮かんでくるでしょうから、信徳が納得しなかったのにも一理はあるわけです。しかし、芭蕉は、いつまでも古風から脱し切れない信徳の俳風には批判的なのでした。

ところで、最後に治定した凡兆の上五「大歳を」は、それまでの「恋」や「桜」の発想をがらりと変えて、まったく意表を突いた現実的なものでした。ですから芭蕉は「いしくも置きたるものかな」と大笑いしつつ、これを歓迎したのでした。ただし、それは全面的な賛意というよりも、江戸時代、石河積翠《いしこせきすい》の著『去来抄評』に「只《ただ》一興一笑なるべし」とあるように、その機知的な諧謔性に賛同したという程度のものであったとみられましょう。けれどもまた、見方によれば、一見「重み」が感じられそうな、こうした観相の句も、詠み方によれば、俳諧的な笑いを生み出すものなので、もしかしたら、これも「かるみ」の一側面――いってみれば「もう一つのかるみ」の境地といえるのかもしれません。

6　類想の戒め

各地の俳句大会や新聞俳壇などで、いったん入賞作として公表された応募句が、先行する類句があることがわかって、入賞取り消しになることがよくあります。今日のようにマスコミを通じてたくさんの応募句が寄せられる状況では、致し方のないことでしょう。将来的にはコンピューターを使って対応することもできるかもしれませんが……。

こうした類句には、稀には偶然の重複ということもあるでしょうが、多くはうっかりミス、またときには故意に他人の句を利用した悪質のものもあるでしょう。類句には、句の趣向・構想が似ているものと、表現・ことばが似ているものとがありますが、趣向も表現も似ているという場合はやはり問題でしょう。しかし、十七音の短詩型文芸では、表現やことばの類似は、なかなか回避できないという難しい面もあるわけです。

清滝《きよたき》や浪《なみ》にちりなき夏の月　芭蕉

先師が難波《なにわ》の病床で私をお呼びになっていわれるには「近ごろ、園女《そのじょ》の家で〈しら菊の目にたてて見る塵《ちり》もなし〉という句を作ったことがある。だが、この句は以前詠んだ〈清滝や浪にちりなき夏の月〉の句によく似ているので、「清滝や」の句のほうを作り直して〈清滝や波に散り込む青松葉〉と改案した。はじめの句稿は野明《やめい》の家にあるはずだが、そちらは取り寄せて破棄してしまってほしい」とのことだった。

しかしながら、その句はすでにいろいろな集に、初案の「浪にちりなき」の句形で載せられてしまっていましたので、じつは破棄してもしかたのないことなのであった。ただ、それにしても、名人というものが、一句の作にいかに心を砕《くだ》くものであるかが、このことによってよく理解されるというものであろう。（先師評）

「清滝や」の句は、このエピソードのあったとき、すなわち芭蕉が大坂御堂前《みどうまえ》の花屋仁衛門《はなやにえもん》方で病床にあった元禄七年（一六九四）十月九日に先立つこと四か月近く前の、夏六月上旬の作で、京都の西北愛宕山《あたごやま》の麓を流れる清滝川のほとりに滞在していたときの作です。清冽な清滝の流れは波も澄んで、一点の塵すらもなく、そこに夏の月の光が照り映えて、まことにさわやかだ、といった句意でしょう。古歌〈雲の波かゝらぬさ夜の月影を清滝川にうつしてぞみる〉（『金葉集』前斎院六条）などをふまえた作だったとみられます。ところが、その後、九月二十七日に、当時大坂在住の女流俳人園女の家で、嘱目した白菊の花の清浄さを詠みつつ、同時に園女の清楚な人柄を讃えた句に〈しら菊の目にたてて見る塵もなし〉があったので、「浪にちりなき」と「目にたてて見る塵もなし」の表現が、いかにも類似してしまったことを後悔し、先に詠んだ「清滝や」の句を改案して〈清滝や波に散り込む青松葉〉（『笈日記《おいにっき》』）としたというのです。その改案したことを徹底させるために、初案のほうを取り寄せて破ってほしいと、去来に頼んでいるわけです。支考の『芭蕉翁追善日記』をみても、同じことを支考にも依頼していますから、よほど気にかかっていたのでしょう。

このエピソードは、芭蕉が、自分自身の句との類想に厳しい姿勢を見せていることを語っています。けれども、この場合は、趣向・構想の類似ではなく、あくまで表現の類似に過ぎませんから、類想句と呼ぶのは適当ではないと思われます。句のねらいは明らかに違うのです。しかも「清滝や」の句の改案では、岸の松の青葉が清滝川の青い波の中にはらはらと散り込む情景へと、かなり趣向が変わってしまっています。それでも芭蕉は死の病床で、改案にこだわったのですから、すさまじい執念ともいえ、去来は、その名人の〝鏤骨彫心《るこつちょうしん》〟ともいうべき風雅への妄執に深い感銘を味わったわけでした。

蕉風の俳論書では、こうした類想句のことを「等類《とうるい》」とか「同巣《どうそう》（同竈）」の用語で示しています。厳密には「等類」は趣向や作意、また表現などの類似した句をいい、「同巣」は先行する句の趣意を借りて、内容や表現を案じかえた句をいいますが、両者同義にも用いられます。凡兆の句〈桐の木の風にかまはぬ落葉かな〉が、芭蕉が三井秋風《しゅうふう》の山荘で、その隠逸の人柄を詠んだ〈樫の木の花にかまはぬ姿かな〉の句と等類であるかどうかについての其角、凡兆、去来の間での論議が、やはり『去来抄』に出ていますが、そこでは作者の凡兆は「詞つづき」すなわち表現が似ているだけで、「意《こころ》」はまったく違うのだから、「等類」ではないと弁明しており、去来も、それを支持する方向で発言しています。

芭蕉はこうした「等類」には、なかなか厳しく、とくに他人の句との趣向の類似以上に、自分自身の句との趣向の類似を避けるべきだとの見解が『三冊子』などに伝えられています。しかしまた、一句の「趣向」には表の趣向と裏の趣向があるのだから、表の趣向同士が重なるのでなければ、多少の趣向の重なりは止《や》むを得ないというようなことにも言及しています。繰り返しになりますが、十七音の短詩型文芸では、いろいろと微妙な点もあるわけです。

7 「不易流行」とはなにか

芭蕉俳論のなかで最も一般的に知られているのは「不易流行」論でしょうか。広くファッションや化粧品の宣伝文句として、ポスターなどに大きくとり上げられたりします。

日本の伝統文化のなかでも、たとえば茶道では、茶の湯の修業の段階について、師の風体をそのままわが身に移す学び方を「習ひ」といい、積極的に新しい芸風を切りひらいてゆく態度を「作意」といいます。そして「習ひ」は「古」で、「作意」は「新」――茶の湯の究極は、「古」と「新」とを結びつける「不易流行」にあると説かれます。


私（去来）が考えるに「蕉門の俳諧には千歳不易《せんざいふえき》の句と一時流行《いちじりゅうこう》の句とがある。先師芭蕉は、これをこのように二つに分けて教えられたが、その根本は一つのものである。

「不易」を心得なければ、俳諧の基本となるものが確立しないし、「流行」を心得なければ、俳風が時とともに新しくならない。「不易」というのは古い時代においてもすぐれており、後代になってもやはりすばらしい句なので、これを「千歳不易」という。「流行」というのは、その時その時に応じて俳風が変化することであり、昨日の俳風が今日はよくなくなり、今日の俳風が明日には通用しなくなることがあるので、これを「一時流行」という。つまり、「流行」

とは一時的にはやることをいうのである」。（修行）

ここで前段では、「千歳不易」の句と「一時流行」の句があることが提言されています。「不易」は時代を超越して芸術的価値の変わらない句で、芭蕉が去来に宛てた元禄三年（一六九〇）十二月二十三日付の手紙（これを偽簡とみる説もありますが）にも「彼《か》の儀《ぎ》は只今《ただいま》天地俳諧にして万代《ばんだい》不易に候ふ」とあるように、その真の意味は単に句体や風姿を説くだけではなく、俳諧の本質論にかかわるものであります。また「流行」は、その時々の時代にたしかに新風のものとして通用するものをいいます。そして芭蕉は、便宜上、これをわかりやすく説くために、「不易」と「流行」とを対極的に二つに分けて教えたのですが、その「元」（基）となるものは一つのものだというのです。

後段でも、「不易」の句と「流行」の句とについて、さらに噛み砕くように説いていますが、結局は「不易」をめざすことと「流行」を追究すること、そのどちらも兼ね備えることが「不易流行」の道なのであり、『去来抄』の別の段では、そうした「不易」「流行」一元論を人体にたとえて、「不易」は人が「無為」にしている時、「流行」は人が「坐臥《ざぐわ》・行住《ぎやうぢゆう》・屈伸《くつしん》・伏仰《ふくぎやう》」している時をいうのだと説いています。これは当時流行していた伊藤仁斎の『語孟字義』に、「天道」について「流行は猶《なほ》人の動作・威儀有るがごとし。主宰は猶人の心思・知慮有るがごとし。其の実一理也」などと説くのを応用したものだとみられます。

じつは、芭蕉の俳諧精神の根本にあったのは、「風雅のまこと」の追究ということでした。『去来抄』では、直接「風雅のまこと」ということばは使われていませんが、去来が其角に宛てた手紙には、やはり「風雅のまこと」が出てきます。

芭蕉が「風雅のまこと」の理念に確信をいだくようになったのは、やはり、ほんとうの意味で蕉風が確立された元禄期以降、「かるみ」の時節に入ってからでありました。元禄五、六年頃に執筆した「三聖図の賛」という文で、この道の先達である宗祇・宗鑑・守武の三聖に賛して〈月花《つきはな》のこれや実《まこと》のあるじ達《たち》〉と詠んでいるのが、その一つの証拠になります。「風雅」は狭い意味では俳諧をさし、広くは詩歌の道をいいます。「まこと」とは、当時盛んだった宋学の書『太極図説《たいきょくずせつ》』に説かれるもので、宇宙万物を貫くものの本体、つまり宇宙の絶対者としての「太極」であり、その「太極」が万物を生成する力を「気」、「気」の流動し活動する働きを支える原理を「理」と呼んでいます。そして、その「理」や「気」の働きによって生成された「人」も「物」も、究極的にはすべて「まこと」すなわち「太極」に帰一するものだと説かれているのです。

宋学では、また、そのようなかたちで人間に与えられた「理」のことを本然の「性」と呼んでいます。ですから、己れの「私意」を捨てて、本然の「性」を追究することで、「性」に発する「情」をとらえることが、「風雅のまこと」をせめる姿勢として望ましいわけです。それは結局、「造化」の〝真〟と一体化することであり、さらには「物」と「我」とが一つになることを導いてくるものです。

8 「不易」の句、「流行」の句

「不易流行」の考え方は、元禄二年（一六八九）の『おくのほそ道』の旅の体験を通じて認識を深めたあと、その年の冬、去来をはじめとして、しだいに門人たちに説かれるようになりました。門人たちの反応もさまざまでしたが、たとえば蕉門随一の論客であった支考《しこう》は、芭蕉没後数年を経た元禄十二、三年に刊行した『西華集《さいかしゅう》』『東華集《とうかしゅう》』で、発句の風体を論じるのに、「不易流行」の説と「真草行《しんそうぎょう》」の説とを組み合わせて、具体的、分析的な句評を試みています。「真草行」とは、書道用語の楷書・草書・行書から転じて、中世以来諸種の芸能の理念に用いられてきたもので、連歌や俳諧にもややあいまいなかたちで応用されてきたものです。

不易の真　三日月の近きあたりや村烏　策非《さくひ》（『東華集』）
不易の行　山陰は歌の遠のく田植哉　春草（『西華集』）
不易の草　鶏の餌をはむやうに田植かな　角呂《かくろ》（『東華集』）
流行の真　三日月もとぼしたらずや道一里　素計（『西華集』）

流行の行　朝顔に留守をさせてや鉢びらき　舎鷗《しやおう》（『東華集』）
流行の草　紫陽花の化てあそぶや明屋敷　東推《とうすい》（『東華集』）

このうち、いわば両極に位置する「不易の真」の句と「流行の草」の句をくらべてみれば、支考の啓蒙的な説き方が、なんとなく理解できるでしょう。

魯町《ろちよう》が「不易の句の姿は具体的にどのようなものか」と尋ねてきた。私（去来）は「不易の句は古今に通じる俳諧の本質的な風体であって、まだこれといった特殊な趣向をこらしていない句である。一時的な新奇な趣向のない句だから、古今に通ずるのである。たとえば、

月に柄をさしたらばよきうちは哉《かな》　宗鑑
是《これ》は是はとばかり花のよしの山　貞室
秋風や伊勢の墓原猶《なほ》すごし　芭蕉

このような類の句をいうのである」と答えた。

魯町がさらに「宗鑑の句で、月を団扇《うちわ》に見立てたのは、一つの特殊な趣向ではないだろうか」と問うてきた。私は「賦《ふ》・比《ひ》・興《きよう》の三体は俳諧だけに限らず、詩歌一般を詠む場合に自然に用いられる手法である。いったい詩歌で表現するものは、この三体を離れることはないのだ。だから、宗鑑のこの句も、「比」の体というべきで、特殊な趣向の句とはいえない」と答えた。

（修行）

去来はここで「不易」の句こそ俳諧の本質的な風体であるとし、それは「一時の物数寄《ものずき》なき句」だとしています。「物数寄なき句」とは特殊な技巧をこらした趣向をとらない句です。近世俳諧の祖ともいうべき宗鑑の「月に柄を」の句では、「涼しさ」という伝統的な「夏の月」の本意に基づいて、その「月」に柄をつけたら上等の「団扇」となろう、と見立てたわけです。また貞門《ていもん》の代表的な俳人である貞室の「是は是は」は、花の名所「吉野山」のもつ古来の本意をそのまま受けて、全山花に埋れた吉野山への率直な驚嘆を詠んでいます。さらに芭蕉の「秋風や」の句も、「秋風」のもつ凄涼・悲愁の本情を上五に置き、これに荒寥とした伊勢の墓原を配しています。神の国伊勢では、息の絶えないうちに病人を葬ってしまう風習があったようです。こうした「不易」の例示に対して、魯町からは、宗鑑の句の場合、「月」を「団扇」に見立てたのは技巧的な趣向ではないかと疑問が出されますが、去来は、これは中国の詩歌の伝統における、「詩の六義」のうちの三体――直叙表現の「賦」や、比喩を借りた陳述の「興」と並ぶ、まさに比喩的表現そのものである「比」の体なのだから、格別に特殊な技巧の句ではないと応酬しています。

魯町が「流行の句とはどのようなものなのか」と尋ねてきた。私は「流行の句は、作者自身のなかに何か一つの特殊な趣向があって、はやるものである。身なりかたちや衣装や器物に至るまで、その時々のはやりがあるようなものである。たとえば、

むすやうに夏にこしきの暑さかな　　この句体久しく流行す
あれは松にてこそ候へ枝の雪　　松下《しょうか》
海老《えびこ》肥えて野老《ところ》痩《や》せたるも友ならん　　常矩《つねのり》

これらの句のように、あるいは技巧をこらしたり、あるいは歌書のことば遣いをまねたり、または謡曲の詞取りをしたりなどして、特別念の入った趣向をこらしたものである。ただ、これらの句風も一時世に流行したけれども、今日ではこのような手法を取り上げる人はいない」と答えた。

魯町はさらに「「むすやうに」と「(夏に) こしき」というのは縁語ではないか」と尋ねた。私は「縁語は和歌の一つの手法であって特殊な趣向とはいえない。技巧をこらすのと縁語とは違うものだ」と答えた。　(修行)

去来は「流行の句」は、特別に趣向をこらしてはやらせた句だとし、具体的には、当時はやっていた作者不詳の「むすやうに」の句のように、むし暑い夏の暑さを強飯《こわいい》を蒸《む》す「甑《こしき》」(蒸籠《せいろう》) にたとえた洒落の句、京の俳人松下が謡曲『松風』の「あれは松にてこそ候へ」の文句取りで、雪をかぶった松の木のさまを詠んだ句、貞門から談林《だんりん》へ転じた田中常矩が、正月の蓬莱飾りに、肥えた「海老」と痩《や》せた「野老《ところ》」(とろろ芋) がコントラストよく並んでいるのを「老の友」同士と見立てて詠んだ句があげられています。そして魯町がはじめの句で「蒸す」と「甑」では単に縁語仕立てではないかと質問したのに対し、これは単なる縁語ではなく、「手を込《こ》むる」手法によって新しい作意技巧を働かせながら流行をねらった句だと説明しています。

おわりに

本書は、伝統ある俳句総合誌『俳句研究』に、二〇〇六年一月から二〇一〇年十一月まで、五年間にわたって連載された「芭蕉たちの俳談――『去来抄』にまなぶ」に基づくもので、それに細部に手を入れた上で、『芭蕉たちの俳句談義』と改題したものであります。連載中、多くの読者から、直接間接、いろいろな反応を得ることができました。連載当初から、各結社の大会や懇親会に出席しますと、楽しみに読んでいますなどと、よく声をかけられました。

ただ、『俳句研究』の刊行が、途中から発行元が変わり、月刊誌から季刊誌となり、しかも書店で直接購入できない通信販売制となってしまったため、その後の連載を多くの人たちに読んでいただけなくなり、そのことを残念がってくださる方も少なくありませんでした。今回、単行本化しようと思った大きな理由です。

なお、『去来抄』の現代語訳は、わたし自身の執筆による『新編古典文学全集』第八十八巻『連歌論集・能楽論集・俳論集』のなかの『去来抄』の本文と口語訳を参照しましたが、それにかなりの手を加えています。

単行本として一書にまとめるに当たって、三省堂一般書編集部の松本裕喜氏には、心のこもった有益な助言をたくさんいただくことができましたことを感謝申し上げます。

平成二十三年七月

著者

堀切 実（ほりきり・みのる）

1934年、東京都生まれ。早稲田大学大学院修了、文学博士。現在、早稲田大学名誉教授。主な著書に『蕉風俳論の研究』（明治書院）『芭蕉と俳諧史の研究』（ぺりかん社）『芭蕉の音風景』（同）『表現としての俳諧』（岩波現代文庫）『俳聖芭蕉と俳魔支考』（角川選書）『おくのほそ道・時空間の夢』（角川叢書）『芭蕉の門人』（岩波新書）『芭蕉俳文集』上下（岩波文庫）『鶉衣』上下（同）。

芭蕉たちの俳句談義

2011年9月15日　第1刷発行

著　者―堀切実

発行者―株式会社 三省堂 代表者 北口克彦

発行所―株式会社 三省堂
〒101-8371 東京都千代田区三崎町二丁目22番14号
電話 編集（03）3230-9411　営業（03）3230-9412
振替口座　00160-5-54300
http://www.sanseido.co.jp/

印刷所―三省堂印刷株式会社
DTP―株式会社エディット
落丁本・乱丁本はお取替えいたします

Printed in Japan
〈芭蕉たちの俳句談義・192pp.〉
ISBN978-4-385-36573-2